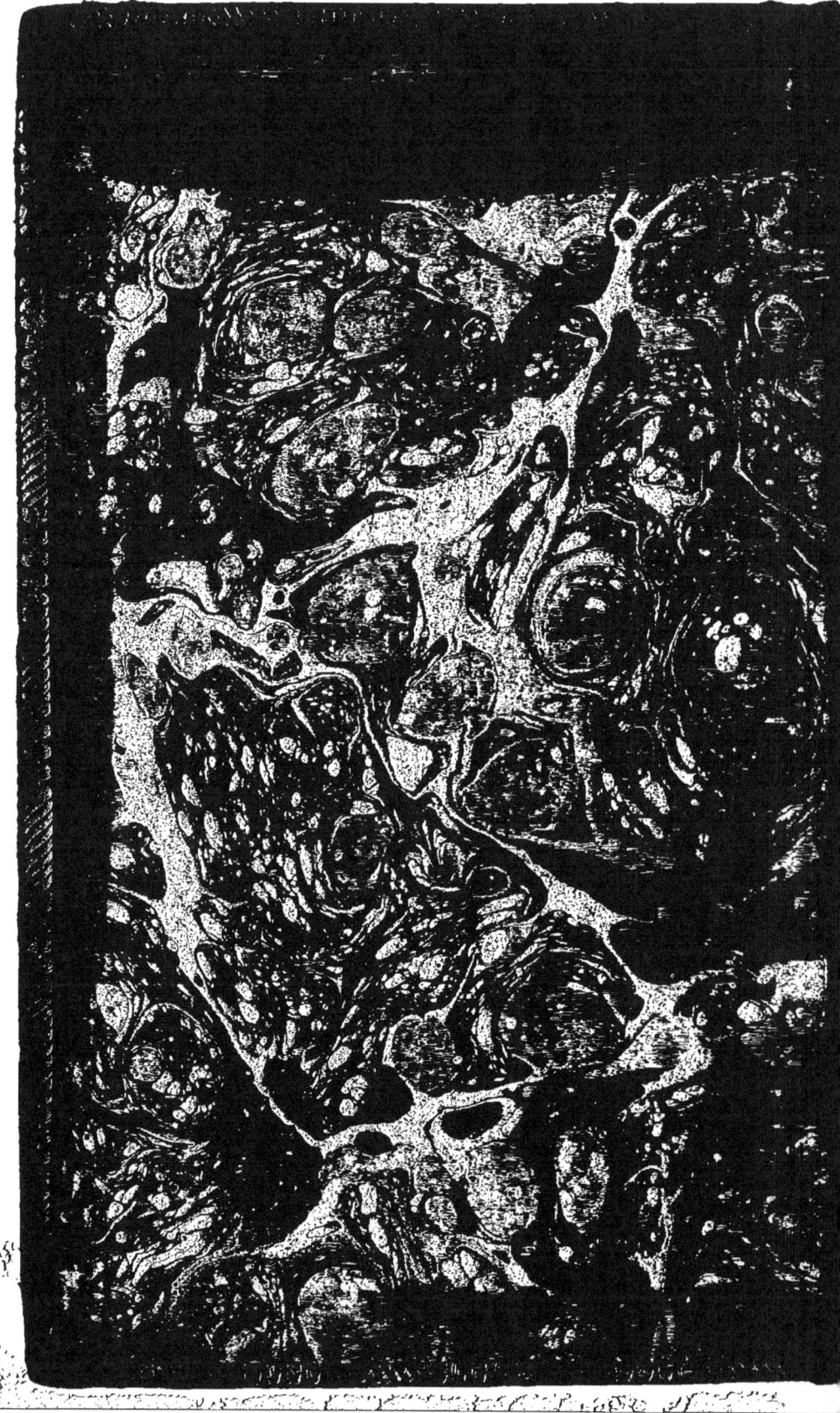

X. 1090.
A. d.

Y

TRAITÉ

DE LA

PROSODIE FRANÇOISE

PAR M. L'ABBÉ D'OLIVET,

AVEC DEUX LETTRES DE M. L'ABBÉ BATTEUX ET UNE DISSERTATION DE M. DURAND.

NOUVELLE ÉDITION,

REVUE AVEC SOIN ET AUGMENTÉE DE REMARQUES,

PAR M. MAUGARD,

PROFESSEUR DE LANGUES ANCIENNES ET MODERNES.

A PARIS,

Chez { l'Auteur, rue Neuve Saint-Eustache, n° 32 ;
C. JOYANT, Éditeur, rue Neuve St.-Eustache, n° 38 ;
TARDIEU-DENESLE et Cie, quai des Augustins, n° 37.

1812.

AVERTISSEMENT.

La Prosodie de M. l'abbé d'Olivet, a été mise par le Conseil de l'Université au nombre des livres classiques. Ce petit ouvrage parut pour la premiere fois en 1736. On sait que ce n'étoit qu'un essai, comme le disoit l'auteur lui-même. Aussi ne tarda-t-il pas à en donner une seconde édition, où l'on ne retrouve que quelques légers vestiges de la premiere. Profitant des avis qu'on lui avoit donnés, il corrigea une grande partie des erreurs de quantité qu'on lui avoit fait remarquer, il refondit tout cet article ; de maniere qu'il y est tout différent de ce qu'il fut d'abord : mais il laissa subsister encore quelques-unes de ces erreurs, qui se perpétuerent dans les éditions subséquentes. Je les ferai connoître par des remarques, que je mettrai entre deux crochets [ ]. Il se fit un grand nombre d'éditions de ce savant et utile ouvrage, tant à Paris, qu'à Geneve et en Hollande : mais il n'y a que celles de Paris qui soient bonnes ; parce que les unes ont été faites sous les yeux de l'auteur, les autres ont été données par MM. Barbou, dont le nom est justement célebre dans les annales de l'imprimerie et de la librairie, depuis plus d'un siecle : et les savants *ne font pas moins de cas, pour la correction, des éditions qu'ils ont données ; qu'on n'en fait de celles de MM. Didot, qui ne l'emportent que par la forme des caracteres. Ils ont donc copié fidellement l'ouvrage de M. l'abbé d'Olivet, tel qu'il l'avoit corrigé. Je m'en suis procuré trois éditions ; celles de* 1767, 1771 *et* 1793. *Il ne m'a pas été possible d'en trouver de plus anciennes, si ce n'est la premiere. J'ai collationné avec soin ces éditions.*

Il s'en faut bien que les libraires étrangers aient été aussi fidelles que MM. Barbou. En 1753 *les freres Cramer et Cl. Philibert, libraires à Geneve, firent imprimer une dixieme édition des* Synonymes *françois de M. l'abbé Girard, et y ajouterent la* Prosodie *françoise de M. l'abbé d'Olivet, avec une* Dissertation *sur le même sujet, par M. Durand, ministre à Londres ; en avertissant que cette dissertation, alors toute nouvelle, a été mise à la tête du Dictionnaire anglois et françois de Boyer, in-*4°. *Londres,* 1748. *L'éditeur a copié avec la plus scrupuleuse exactitude l'édition très-imparfaite de* 1736, *sur laquelle j'ai collationné cette copie.*

En 1760, *les mêmes libraires firent réimprimer séparément la* Prosodie *et la* Dissertation. *Cette édition est conforme à celle de* 1753.

En 1766, J. *Wetstein, libraire à Amsterdam, fit réimprimer les* Synonymes *de M. l'abbé Girard, la* Prosodie *de M. l'abbé d'Olivet, et la*

Dissertation *de M. Durand. Cette édition est conforme à celle de Geneve*, *de* 1753 ; *mais défigurée par un grand nombre de fautes d'impression*, *dont quelques-unes sont en même temps des fautes de quantité.*

Cette mauvaise édition a passé de Hollande à Paris , où un libraire a fait réimprimer , en 1805, pour l'usage des écoles , *la* Prosodie *de M. l'abbé d'Olivet et la* Dissertation *de M. Durand* ; *et toute la France en est inondée. L'éditeur a non seulement copié les fautes d'impression de l'édition de Hollande* ; *mais il l'a enrichie encore d'un grand nombre d'autres , et il n'a pas jugé à propos de suivre l'orthographe de l'académie. En un mot*, *il a fait une édition indigne d'être mise au rang des autres livres classiques* ; *car elle ne peut être propre qu'à induire en erreur la jeunesse , en lui donnant pour regles des fautes que l'auteur lui-même a cru devoir corriger. Faire paroître sous son nom un pareil ouvrage , c'est déshonorer sa mémoire* ; *et l'on ne peut trop tôt faire connoître au public , et surtout à l'Université , une si étrange méprise. Cette édition défectueuse doit être bannie de toutes les écoles* ; *puisqu'elle ne peut pas être regardée comme l'ouvrage de M. l'abbé d'Olivet , et que ce n'est pas une pareille édition que l'Université a entendu qu'on mît entre les mains des écoliers. Falloit-il aller chercher en Hollande une mauvaise édition , lorsqu'il est facile d'en trouver*

PROSODIE FRANÇOISE.

J<small>E</small> réduis ce Traité à cinq articles, dont le premier sera employé à éclaircir des questions préliminaires. Dans le second, je parlerai des Accents. Dans le troisieme, de l'Aspiration. Dans le quatrieme, de la Quantité. Et dans le dernier, je ferai voir à quoi peut servir la connoissance de notre Prosodie.

Je n'ai à offrir qu'un foible essai. Puisse-t-il quelque jour donner lieu d'approfondir un art qui feroit naître de nouvelles beautés, et comme une nouvelle langue, dans celle que nous croyons savoir.

ARTICLE PREMIER.

Questions préliminaires.

O<small>N</small> peut ici proposer trois questions, sur lesquelles, avant que d'aller plus loin, il est à propos de satisfaire ceux qui pourroient, ou n'avoir pas étudié la matiere dont il s'agit, ou avoir des préjugés contraires à la vérité.

I. Qu'est-ce que Prosodie?

II. A-t-on connu autrefois notre Prosodie, et jusques à quel point?

III. Pourquoi notre Prosodie, si elle a été fort connue autrefois, l'est-elle aujourd'hui si peu?

I.

Par ce mot, *Prosodie*, on entend la maniere de prononcer chaque syllabe régulierement, c'est-à-dire, suivant ce qu'exige chaque syllabe prise à part, et considérée dans ses trois propriétés, qui sont, l'Accent, l'Aspiration, et la Quantité.

Premierement, il est certain que toutes les syllabes ne pouvant être prononcées sur le même ton, il y a par

avec les organes, soit de celui qui parle, soit de celui qui entend.

Vouloir ici examiner qu'est-ce qui fait cette conformité, et en quoi consistent ces rapports, ce seroit nous engager dans une dispute obscure, d'où la physique a peine à se tirer. Heureusement les leçons de la nature sont moins difficiles, et plus certaines. Ce n'est point par la voie du raisonnement, c'est par l'habitude qu'elle instruit. Il est vrai que cette maniere d'enseigner nous paroît, à nous qui vivons si peu, d'une prodigieuse lenteur. Mais c'est la seule capable de réussir dans les arts, qui ont pour base le sentiment : et de ce nombre est l'art de donner à une langue ce qui lui est nécessaire, non pour subvenir à nos besoins seulement, mais pour flatter notre goût.

Je suppose donc un pays où il n'y eut jamais de particulier qui fût mathématicien, et je dis qu'il y aura cependant un esprit métaphysique et géométrique répandu dans le public. Ainsi le public, guidé par cette espece d'instinct, y fera peu-à-peu, et jusqu'à un certain point, toutes ces mêmes observations ; dont l'assemblage compose un art, lorsqu'elles viennent à être rédigées, et combinées par des hommes savants. On pourroit aisément montrer que cela est vrai de la musique, qui n'est, à proprement parler, qu'une extension de la Prosodie.

Ajoutons que ces sortes de connoissances, qui se doivent, non au raisonnement, mais à l'habitude, dépendent absolument des organes : et qu'ainsi, lorsqu'un climat produit des hommes bien organisés, le progrès de ces connoissances y est non seulement plus grand, mais encore plus rapide ; au lieu qu'en d'autres pays, où les organes sont, pour ainsi parler, d'une trempe différente, les siecles depuis un temps infini se succedent les uns aux autres, sans que les habitants de ces pays-là fassent rien pour les arts qui n'intéressent que le sentiment.

On sait à quel point de perfection les Grecs avoient porté leur Prosodie. On sait aussi, du moins en ce qui regarde les longues et les breves, quelle étoit celle de

2

la langue latine. Pour ce qui est de l'Accent, l'exemple
des Chinois nous fait voir de quelle délicatesse l'oreille
est capable, puisque chez eux le même mot, n'étant que
d'une syllabe, peut avoir jusqu'à onze sens très-diffé-
rents, selon la différence de la prononciation. Mais
évitons tout détail sur la Prosodie des autres peuples;
il ne s'agit que de la nôtre.

I I.

Pour savoir depuis quand, et jusqu'à quel point la
Prosodie a été connue parmi nous, il seroit inutile de
remonter au-delà de François Ier. Les savants hommes
et les beaux-esprits, dont il fit l'ornement de sa cour,
donnerent à notre langue *un caractere* [1] *d'élégance et
de doctrine*, qu'elle n'avoit point auparavant. Ce grand
roi, qui a été, non pas le restaurateur, mais le pere des
beaux-arts en France, transmit son goût aux héritiers
de sa couronne. Jamais la poésie ne fut si fort en honneur que sous Charles IX. En un mot, l'histoire nous
prouve que les fondements, sur lesquels nos bons écri-
vains ont bâti sous le regne de Louis XIV, furent
tracés, et même posés en partie, dès le siecle précédent.
Ainsi c'est dans les monuments de ce temps-là, qu'il
faut chercher les premiers vestiges de notre Prosodie :
et nous y trouverons plus de lumieres sur ce sujet,
qu'il ne s'en trouve, peut-être, dans toutes les Grammaires et dans toutes les Rhétoriques imprimées de nos
jours.

On a vu que la Prosodie renferme les Accents, l'Aspiration, et la Quantité. A l'égard des Accents, il n'est
pas possible de savoir quels ils étoient autrefois; puisque
l'accent *imprimé* n'est point l'accent *prosodique*, comme
je l'expliquerai ci-après. Quant à l'Aspiration, il y a lieu
de croire qu'elle a toujours été la même. Reste enfin la
Quantité, qui est le point capital de la Prosodie, et sur
lequel nos anciens paroissent avoir été plus décidés,
que nous ne le sommes aujourd'hui.

Jodelle, l'un des poëtes qui composoient la Pléiade

---

1 *Entretiens d'Ariste et d'Eugene.* Quatrieme édition, Cramoisy,
page 149.

pas ici l'histoire de nos vers mesurés, je puis impunément supprimer beaucoup d'autres noms semblables, oubliés depuis long-temps ; et c'est assez de savoir que cette nouveauté donna lieu à un établissement littéraire, dont le souvenir mérite bien d'être conservé. Je parle d'une Académie, qui fut établie sur la fin de l'année 1570, *pour travailler* [1] *à l'avancement du langage françois, et à remettre sus, tant la façon de la poésie, que la mesure et réglement de la musique anciennement usitée par les Grecs et Romains.* Jean-Antoine de Baïf, poëte, et Joachim Thibault de Courville, musicien, furent les promoteurs de cet établissement. Par les lettres-patentes que le roi leur accorda, ils ont pouvoir de se choisir des associés, six desquels jouiront des *priviléges, franchises et libertés dont jouissent,* dit Charles IX, *nos autres domestiques : et à ce que ladite Académie soit suivie et honorée des plus grands, nous avons libéralement accepté et acceptons le surnom de Protecteur et premier Auditeur d'icelle.* Voilà, ou je suis bien trompé, la première Académie qui ait été instituée pour notre langue uniquement, et sans embrasser d'autres sciences. Henri III n'eut pas moins de goût que Charles IX pour les exercices de cette compagnie naissante, ainsi qu'on le peut voir dans les [2] *Antiquités de Paris.* Mais elle fut bientôt dérangée par les guerres civiles : et la mort de Baïf, arrivée en 1591, acheva de mettre en déroute sa petite société d'Académiciens.

Passerat, Desportes, Rapin, et Scévole de Sainte-Marthe, ne laissèrent pas de continuer à faire des vers mesurés. Personne, que je sache, n'en a fait depuis. C'est dommage qu'aucun d'eux n'ait enseigné la théorie des Accents, et de la Quantité. Henri [3] Estienne, le plus célebre Grammairien du seizieme siecle, n'en a parlé que

---

1 Voyez les lettres-patentes, rapportées tout au long, avec les statuts de cette Académie, dans l'histoire de l'université de Paris, tome VI, page 714, etc.
2 *Histoire et Recherches des Antiquités de la Ville de Paris,* par Sauval, tome II, page 493, etc.
3 On peut voir sa *Précellence du langage françois,* page 12, et ses *Hypomneses de gallicâ linguâ,* pag. 6, etc.

superficiellement. Théodore de Beze, dans son Traité [1] de la bonne Prononciation du François, est le seul auteur de ma connoissance, qui ait un peu approfondi cette matiere. Son principal défaut, mais défaut qu'on a rarement occasion de reprocher à ceux qui se mêlent d'écrire, c'est d'être trop court. Il a voulu, dans quatre ou cinq pages, renfermer ce qui demandoit nécessairement un plus long détail.

J'en étois là de mes recherches, lorsqu'il m'est tombé entre les mains un petit [2] volume du fameux d'Aubigné : où, dans une préface qu'il met à la tête de quelques psaumes traduits en vers mesurés, il dit que cette maniere de vers n'a point été inventée par Jodelle, ou par Baïf, comme on le prétend ; mais qu'il se souvient d'avoir vu l'Iliade et l'Odyssée traduites en vers hexametres par un nommé *Mousset*, et imprimées avant que ni Baïf ni Jodelle fussent au monde. Que penser, après cela, de Pasquier, auteur contemporain, qui nous vante le distique fait en 1553, comme le premier essai de cette poésie? Que penser de Ramus, qui, dans sa grammaire publiée en 1562, dit que pour rendre les regles de la Prosodie familieres aux François, il faut souhaiter que nous ayions des poëtes qui mesurent leurs syllabes à la maniere des anciens? Ramus, dix ans après, dans une nouvelle édition de cette même grammaire, charmé de voir ses vœux accomplis, se récrie avec une sorte d'enthousiasme sur deux pieces qui venoient de paroître, l'une en vers élégiaques, l'autre en vers saphiques. Pouvoit-il donc ignorer une traduction entiere de l'Iliade et de l'Odyssée? Mais peu nous importe de savoir la vraie époque des vers mesurés. Quoi qu'il en soit, nous voyons évidemment que nos ancêtres ont cru avoir des principes fixes sur la Prosodie : et c'est à nous, par conséquent, à examiner ce qui nous reste.

III.

Puisque notre Prosodie fut autrefois si connue, pourquoi l'est-elle aujourd'hui si peu? Pour plusieurs

[1] *De francicae linguae rectâ pronuntiatione Tractatus.* Genevae, 1584.
[2] *Petites œuvres mélées du sieur* (Théodore Agrippa) *d'Aubigné*, Geneve, 1630.

raisons, dont la premiere est fondée sur le peu de besoin, qu'on croit en avoir.

Rien n'étoit plus nécessaire, ni en même temps plus facile aux Grecs et aux Romains, que de savoir exactement leur Prosodie; car elle faisoit, non pas un simple agrément, mais l'essence même de leur versification : et comme la lecture des poëtes étoit un des principaux objets de leur éducation, ils apprenoient méthodiquement, et dès l'enfance, à bien prononcer. Un Romain, un Athénien de la lie du peuple auroit sifflé un acteur, qui eût alongé, ou accourci une syllabe mal-à-propos. Mais, si toute vérité étoit bonne à dire, nous avouerions qu'il n'est pas rare qu'un François vieillisse, sans avoir, ni appris, ni soupçonné qu'il y ait des syllabes plus ou moins longues les unes que les autres. Pour les Grecs et les Romains, la Prosodie étoit d'une obligation étroite. Pour nous, si l'on veut, elle ne sera qu'une délicatesse, qu'une beauté accessoire, soit dans notre prononciation, soit dans nos écrits. Je n'en demande pas davantage : et partant de ce principe, qu'on doit cependant étendre plus loin, je dis que nous faisons mal de négliger notre Prosodie ; puisque la parole étant l'organe de la pensée, on est louable de s'appliquer à la rendre plus insinuante, plus propre à persuader, plus capable de peindre ce que nous pensons.

Une seconde raison qui fait que notre Prosodie est si peu connue, c'est que ceux qui seroient le plus en état d'en approfondir les regles, sont précisément ceux qui apportent à cette étude le plus de préjugés. Un homme savant possede le Grec et le Latin : il admire la beauté de ces deux langues, et avec raison : mais de croire que notre Prosodie, si elle ne ressemble pas en tout à la leur, est donc nulle, c'est une erreur. Toutes les langues ont leur génie particulier : et plus une langue aura été perfectionnée, c'est-à-dire, accommodée aux usages et au goût du peuple qui la parle ; moins il lui restera de ressemblance avec la langue qu'on suppose *matrice*, du moins par rapport à elle. Une regle générale dans le Latin, et qui ne souffre point d'exception, c'est que toute syllabe, qui finit par une consonne suivie d'une autre, est longue : mais en François, au contraire, le redoublement de la consonne, presque toujours, avertit que la syllabe est breve. Pour les voyelles, c'est une regle assez générale dans le Latin, que toutes les fois qu'il y en a deux de suite, la premiere abrege la syllabe où elle se trouve; mais toutes les fois, au contraire, que notre ᴇ muet finit un mot, où il est à la suite d'une· autre voyelle, il alonge la pénultieme. Tout ceci deviendra plus clair par les exemples que je rapporterai un peu plus bas. Je le répete, il faut qu'un savant, pour étudier notre Prosodie, se départe de ses préjugés. Quinault, à ce qu'on dit, ne savoit que sa langue maternelle : et ses vers, pourtant, étoient meilleurs à mettre en chant, que ceux des poëtes qui savoient du Grec et du Latin.

Une troisieme et derniere raison, qui fait que la connoissance de notre Prosodie se perd de plus en plus, ce sont les changements introduits dans l'orthographe depuis soixante ans. On a supprimé la plupart des lettres qui ne se faisoient pas sentir dans la prononciation. Mais si nous entrons dans quelque détail; nous verrons que, bien loin de nuire à la prononciation, elles servoient à la fixer. On écrivoit, *il plaist, il paist,* pour faire sentir qu'on doit appuyer sur cette syllabe; au lieu qu'on ne fait que glisser sur celle-ci, *il fait, il sait.* On écrivoit par la même raison, *fluste, crouste,* pour les distinguer de *culbŭte, dérŏute.* On redoubloit [1] la voyelle, pour alonger la syllabe. Au contraire, pour l'abréger, on redoubloit la consonne. Je pourrois, par cent et cent exemples, montrer qu'en matiere d'orthographe nos peres n'avoient rien fait sans de bonnes raisons : et ce qui le prouve bien, c'est que souvent ils ont secoué le joug de l'étymologie; comme dans *couronne, personne,* où ils redoublent la lettre ɴ, de peur qu'on ne fasse la pénultieme longue en François, ainsi qu'en Latin.

Peut-être y avoit-il des inconvénients dans l'ancienne orthographe : mais à la bouleverser, comme on

---

1 *Aage, roolle, baailler, raaler.* On en a même usé ainsi dans les adverbes, dont la pénultieme doit être appuyée; *expresseement, sépareement.* Voyez les *Hyponneses d'Henri Estienne,* page 18.

ce qui forme trois accents, que les grammairiens appellent l'*Aigu*, le *Grave*, et le *Circonflexe* : l'Aigu, qui élève la voix ; le Grave, qui l'abaisse ; et le Circonflexe, qui, étant composé de touts les deux, sert à l'élever d'abord, et à la rabaisser ensuite, sur une même syllabe. Voilà, dis-je, ce qu'enseignent d'une maniere uniforme, et sans autre éclaircissement, ceux qui ont traité de la Prosodie des Grecs. Mais une syllabe n'étant qu'une voyelle, ou seule, ou jointe à d'autres lettres articulées par une simple émission de voix ; quelques Grammairiens modernes ont demandé comment il étoit possible de hausser et de baisser successivement le ton sur une même syllabe. Apparemment les Grecs n'y trouvoient nulle difficulté : mais le célebre Sanctius [1], à qui l'on peut bien s'en rapporter, prétend que l'accent circonflexe n'a point subsisté dans la langue latine ; et je doute qu'il puisse être d'usage dans la nôtre, si ce n'est dans quelque syllabe où domine une diphthongue.

Il y a, en second lieu, un accent *oratoire*, c'est-à-dire, une inflexion de voix, qui résulte, non pas de la syllabe matérielle que nous prononçons, mais du sens qu'elle sert à former dans la phrase où elle se trouve. On interroge, on répond, on raconte, on fait un reproche, on querelle, on se plaint : il y a pour tout cela des tons différents ; et la voix humaine est si flexible, qu'elle prend naturellement, et sans effort, toutes les formes propres à caractériser la pensée, ou le sentiment. Car non seulement elle s'éleve, ou s'abaisse : mais elle se fortifie, ou s'affoiblit ; elle se durcit, ou s'amollit ; elle s'enfle, ou se rétrécit ; elle va même jusqu'à s'aigrir. Toutes les passions, en un mot, ont leur accent : et les degrés de chaque passion pouvant être subdivisés à l'infini ; de là il s'ensuit que l'accent oratoire est susceptible d'une infinité de nuances, qui ne coûtent rien à la nature, et que l'oreille saisit ; mais que l'art ne sauroit démêler.

A l'égard de l'accent *musical* : il consiste, ainsi que les précédents, à élever la voix, ou à la baisser ; mais

---

1 *Minervae lib.* I, cap. 3.

3

Tout détail plus ample sur notre accent se montre à moi comme un labyrinthe, où je craindrois de me perdre; et par la même raison je dois me taire sur les accents *nationaux*. Telle est, à cet égard, l'illusion de l'habitude, que personne n'est mécontent du sien. On fait plus, on trouve dans tout autre accent quelque chose qui déplaît. Une nation [1] se croit la seule qui sache prononcer, qui sache chanter; et si nous avons quelquefois censuré l'accent de nos voisins, ceux-ci usent de représailles.

Parmi les reproches qu'ils nous font, j'en choisis un qui se répete volontiers depuis quelques années; et qui mérite un examen plus que superficiel.

II.

On prétend que [2] *notre langue est la seule qui ait des mots terminés par des* E *muets, et que ces* E *qui ne sont pas prononcés dans la déclamation ordinaire, le sont dans la déclamation notée, et le sont d'une manière uniforme;* gloi-reu, victoi-reu, barbari-eu, furi-eu. *Voilà, dit-on, ce qui rend la plupart de nos airs, et notre récitatif insupportable à quiconque n'y est pas accoutumé.*

Que l'Auteur célebre, dont je cite les paroles, nous permette d'examiner ces deux points. 1° Est-il bien vrai que notre langue soit la seule qui ait des mots terminés par le son résultant de notre E muet? 2° Est-il bien vrai que ce son, dans la musique, doive être celui d'*eu*?

Posons d'abord un principe, qui n'est pas contesté: Que dans aucune langue, ni vivante, ni morte, il n'est possible de prononcer une consonne sans le secours d'une voyelle, ou écrite, ou sous-entendue; et qu'au défaut de toute autre voyelle, c'est ce que nous appelons l'E muet, écrit ou non écrit, qui nous sert à prononcer une consonne; quand cette consonne est finale, comme dans *David,* ou immédiatement suivie d'une autre,

---

1 *Angli concinéndo jubiláre, Hispáni fletus prómere, ululátus Germáni, Itali caprizáre, Galli soli cantáre.* Le P. Mersenne, dans ses *Quaestiónes in Génesim*, pag. 1610.

2 *Voltaire,* article des musiciens, dans son *Siecle de Louis XIV.*

rien sait peu de musique, le musicien sait encore moins
de grammaire. Quoi qu'il en soit, j'élevcrai des doutes
qu'un plus habile résoudra. Tout consiste, si je ne me
trompe, dans la nature du son que l'*e* muet produit.
Je le définis une pure émission de voix, qui ne se fait
entendre qu'à peine ; qui ne peut jamais commencer
une syllabe ; qui, dans quelque endroit qu'elle se
trouve, n'a jamais le son distinct et plein des voyelles
proprement dites ; et qui même ne peut jamais se ren-
contrer devant aucune de celles-ci, sans être tout-à-
fait élidée. Au contraire, le son *eu*, tel qu'on l'entend
deux fois dans *heureux*, est aussi distinct et aussi
plein, il a même force et même consistance que le
son des voyelles proprement dites ; et delà vient qu'il
est compté par nos meilleurs grammairiens au nombre
des vraies voyelles françoises.

Que si l'on chante *gloi-reu*, cette désinence acquiert
touts les droits des voyelles, modulation, tremblement, tenue, port de voix ; et par conséquent on
pourra fredonner sur la dernière de *gloi-reu*? Oui sans
doute, si l'on se permet de prononcer ainsi.

Allons plus loin. Puisque l'*e* muet écrit, ou non
écrit, ne fait qu'une différence oculaire ; voyons de
conséquence en conséquence, où ceci nous conduira.
Voici des paroles à mettre en chant :

> *Esprits, qui portez le tonnerre,*
> *Impétueux tyrans des airs,*
> *Qui faites le péril des mers,*
> *Et les ravages de la terre,*
> *Vents,* etc. Ode du P. de la Rue.

J'avoue que mon oreille n'en sait point assez pour
distinguer le son de ces quatre rimes. Je n'entends
qu'*erre* par-tout, en supposant qu'on ne fera pas mal-
à-propos, et contre l'usage, sonner les *s*, d'*airs*
et de *mers*, où elles ne sont que signes du pluriel.
Ainsi la même raison, s'il y en avoit une, qui fait
chanter *gloi-reu*, fera chanter *tonnè-reu* ; et l'oreille
qui goûtera *tonnè-reu*, demandera *mè-reu*, *ai-reu*.

Allons encore plus loin. Si cela se pratique dans le

françois, pourquoi n'en sera-t-il pas de même dans toutes les langues, dont les finales sont retentissantes? Attendons-nous donc à entendre chanter, *Patè-reu, nostè-reu, qui è-seu*, etc. On croira que je plaisante; mais non, je ne veux que raisonner conséquemment.

Quoiqu'il soit inutile, et peut-être ridicule, de chercher l'origine de cette prononciation, *gloi-reu*, ailleurs que dans la bouche de nos villageois; j'ai cependant eu la curiosité de savoir si nos vieux livres n'en disoient rien : et j'ai appris qu'un musicien, qui écrivoit en 1668, se glorifie [1] de l'avoir introduite dans le chant françois. On le croira, si l'on veut. Au moins est-il certain qu'au théâtre ce n'est pas chose rare qu'un acteur, et surtout une actrice, dont les talents sont admirés, fasse adopter un mauvais accent, une prononciation irréguliere, d'où naissent insensiblement des traditions locales, qui se perpétuent, si personne n'est attentif à les combattre.

J'en demeure là, sans toucher aux différents services que l'*E* muet nous rend dans l'écriture. Je n'en voulois qu'à cette absurdité, dont notre musique est la victime.

ARTICLE TROISIEME.

De l'Aspiration.

ASPIRER, c'est suivant le dictionnaire de l'Académie, prononcer de la gorge, en sorte que la prononciation soit fortement marquée. Toutes les langues peuvent, à cet égard, avoir leurs usages particuliers : mais puisque l'aspiration est si fréquente dans le grec, et sur-tout dans le dialecte attique, croirons-nous qu'alors ce fût un effort violent du gosier et de la poitrine, tel qu'aujourd'hui nous l'entendons dans la bouche des Florentins et des Allemands? Quoi qu'il en soit, la langue françoise qui n'aime et ne cherche rien tant que la

---

[1] *Remarques curieuses sur l'Art de bien chanter*, etc. Par B. D. B. *Page* 266. Je ne vois rien de si général que de mal prononcer l'E muet, à moins que d'observer soigneusement le remede *que je crois avoir trouvé*, qui est de le prononcer à peu près comme la voyelle composée *eu*.

» de dates, qu'on prononce, et qu'on écrit sans élision
» l'article ou la préposition qui les précede. *De onze*
» *enfants qu'ils étoient, il en est mort dix. De vingt il*
» *n'en est resté que onze. La onzieme année.* »

Oui, particule affirmative, se prononce quelquefois
comme s'il y avoit une H aspirée. Quoiqu'on dise, *Je*
crois qu'oui, cependant on dit, *le oui et le non*, un
oui : touts vos *oui* ne me persuadént pas ; et alors cette
particule est prise substantivement.

[*Oui* n'est point une particule, c'est un adverbe.
Je ne sais pourquoi M. l'abbé d'Olivet a substitué,
dans les dernieres éditions, le mot *particule* au mot
adverbe, qu'il avoit employé dans la premiere.]

V.

Pour ne rien oublier de ce qui a rapport à l'Aspiration, il me reste à parler de l'effet que font certaines
terminaisons sourdes ou *nasales,* lorsqu'elles se trouvent devant un mot qui commence par une voyelle,
comme dans ce vers,

Ah ! j'attendrai long-temps : la nuit est loin encore.

Je commence par dire que cette observation ne regarde point ceux qui écrivent en prose. Car la prose
souffre les *hiatus,* pourvu qu'ils ne soient ni trop rudes,
ni trop fréquents. Ils contribuent même à donner au discours un certain air naturel : et nous voyons en effet
que la conversation des honnètes-gents est pleine [1]
d'*hiatus* volontaires, qui sont tellement autorisés par
l'usage ; que si l'on parloit autrement, cela seroit d'un
pédant ou d'un provincial.

Mais il s'agit ici de ce qui doit être permis dans le
vers. C'est aux poëtes à examiner, si dans le choc des
syllabes dont nous parlons, il n'y a pas de cette sorte de
cacophonie, que l'on doit appeler *hiatus* ; puisqu'elle
ne peut être sauvée ni par l'élision ni par l'aspiration.
Je vais donc leur remettre devant les yeux ce que feu

---

[1] Par exemple, lorsqu'un acteur récite ces vers de la premiere scene
d'Athalie, *Je viens..... célébrer avec vous la fameuse journée,* et *Pen-
sez-vous étre saint,* il prononce comme s'il y avoit : *Célébre-r-avec vous,*
et *Pensez-vou-s-étre.* Mais dans la simple conversation, l'usage veut qu'on
prononce comme s'il y avoit, *Célébré avec vous, Pensez-vou étre,* etc.

» tent de voir mon raisonnement confirmé par cette
» expérience, et je voulus pousser plus loin. Je jugeai
» qu'en prenant une pièce d'un homme qui fût en
» même temps acteur et auteur, j'y trouverois encore
» moins de bâillements : je lus le Misanthrope de Mo-
» liere, et je n'y en trouvai que huit. Continuant tou-
» jours à raisonner de la même maniere, je crus que je
» trouverois encore moins de ces rencontres de
» voyelles ; si je lisois les pieces faites pour être chan-
» tées, et faites par un homme qui connût ce qui est
» propre à être chanté. Dans cette vue, je lus un vo-
» lume des opéra de Quinault, qui contenoit quatre
» pieces : et de ces quatre pieces, il y en avoit une toute
» entiere où je ne trouvai pas un seul de ces bâille-
» ments : il y en avoit fort peu dans les trois autres
» pieces ; encore étoient-ils presque touts dans des en-
» droits où le chant suspend de nécessité la pronon-
» ciation, et sépare si fort les voyelles *sourdes* d'avec
» les autres, que leur concours ne peut faire aucune
» peine à l'oreille. »

Joignons à l'autorité de M. l'abbé de Dangeau celle
de M. l'abbé Regnier. « La preuve indubitable, dit ce
» dernier dans sa Grammaire, que ces sons *an*, *en*,
» *in*, *on*, *un*, sont des sons simples, équivalents à de
» pures voyelles, est que dans la musique on ne peut
» faire aucune modulation, aucun tremblement, au-
» cune tenue, aucun port de voix que sur une pure
» voyelle. Or on peut faire des modulations et des
» tenues sur touts les sons qu'on vient de marquer, de
» même que sur quelque voyelle que ce soit. Il est vrai
» que ces modulations ne sont pas si agréables que les
» autres, par la raison que le son en est plus étouffé et
» plus sourd, et qu'il vient un peu du nez. Mais
» comme le plus ou le moins d'agrément ne change
» pas la nature des choses, cette différence n'empêche
» pas que ces sons ne doivent être considérés comme
» de pures voyelles. »

Après de telles autorités, il est à croire que cette
observation tiendra désormais lieu de précepte. C'est
peu à peu et de loin à loin, que l'oreille du François

a reconnu les finesses qui rendent notre vers harmonieux. Depuis le siecle de Marot, on en a trouvé
plusieurs. Celle-ci se doit à l'opéra : et il étoit bien juste
que le chant servît à rendre le vers plus délicat en
quelque chose ; puisqu'il a, vraisemblablement, con-
tribué à lui faire perdre de sa force et de son énergie.

V I.

Voilà ce qu'on lisoit dans la premiere édition de
ces remarques, et ce pourroit bien être l'opinion la
plus sûre. Je vais cependant [1] hasarder une idée qui
m'est venue depuis. Pour peu qu'elle fût goûtée, elle
serviroit à diminuer le nombre des entraves poétiques,
et à ne pas voir des *hiatus* où Malherbe, où Racine,
où Despréaux et Quinault n'en ont pas vu.

Quelle est donc la nature des voyelles nasales ? Je les
reconnois pour des sons vraiment simples et indivi-
sibles ; mais de là s'ensuit-il que ce soient de pures et
franches voyelles ? Pas plus, ce me semble, que si l'on
attribuoit cette dénomination aux voyelles aspirées.
Toute la différence que j'y vois, c'est que dans les aspirées, la consonne *H* les précède ; au lieu que dans les
nasales, la consonne *N* les termine.

Pour caractériser les premiers, nous avons le terme
d'*aspiration* : et puisqu'il n'y en a point encore d'établi
pour les secondes, on me permettra celui de *nasalité*.
Par l'aspiration, la voix remonte de la gorge dans la
bouche. Par la nasalité, elle redescend du nez dans la
bouche. Ainsi le canal de la parole ayant deux extrémités, celle du bas produit l'aspiration ; et celle d'en
haut produit la nasalité.

Or, si l'aspiration empêche l'*hiatus*, la nasalité ne
l'empêchera-t-elle pas ? C'est là, précisément, où [que]
j'en veux venir. Je me persuade que les voyelles aspirées
et les nasales étant les unes aussi bien que les autres,
non des voyelles pures et franches, mais des voyelles
modifiées, elles peuvent les unes comme les autres em-
pêcher l'*hiatus*.

---

1 *Potest non solùm aliud mihi ac tibi ; sed mihi ipsi aliud aliàs
vidéri.* Cic. Orat.

Il y a, dit-on, *des occasions* [1] *où la poésie s'émancipe, comme dans ce vers,*

Elle a le teint uni, belle bouche, beaux yeux.

Il semble que pour éviter l'hiatus, on pourroit prononcer le T, et dire, elle a le tein-t-uni. *Mais la poésie,* ajoute-t-on, *prononce* le tein uni, *et souffre cette cacophonie.*

A quoi bon biaiser? Ou il faut adopter le système de M. l'abbé de Dangeau; et alors le *tein-uni* fait un *hiatus*, que la poésie ne peut souffrir. Ou la nasalité aura les mêmes prérogatives que l'aspiration; et dès-lors point de cacophonie, point d'*hiatus* dans le *tein-uni*, quoique la derniere consonne de *teint* soit muette.

Quand je récite à haute voix, *Souvent de touts nos maux la raison est le pire*, ou *Jeune et vaillant héros*, je ne trouve pas plus de rudesse entre *zon-est*, qu'entre *ant-hé* : d'où je conclus qu'aspiration et nasalité, qui se partagent les deux extrémités du même canal, operent le même effet.

Autre observation : ces terminaisons nasales, qu'on nous donne pour de simples voyelles, conservent tellement la consonne *N*, que c'est de la position qu'il dépend, que cette consonne soit muette ou sonore. *On-n-arriva hier*, la voilà sonore. *Arriva-t-on hier*, la voilà muette. Puis-je donc me figurer que ce mot *on*, soit pure voyelle dans l'une de ces phrases, lorsque dans l'autre j'entends distinctement sa consonne?

Au reste, l'usage le plus certain et le plus constant a décidé quand cette consonne devoit être muette, quand elle devoit être sonore, dans les terminaisons nasales. On reproche aux Normands de prononcer *du vin-n-admirable, mon cousin-n-est venu.* Peut-être que cette province ayant fourni aux théâtres de Paris et des auteurs et des actrices du premier ordre, sa mauvaise prononciation deviendroit contagieuse, si l'on perdoit de vue le principe qui tranche la difficulté. Et le voici, ce principe. Jamais ne faire sonner la terminaison nasale, à moins que le mot où elle se trouve, et le mot

---

[1] *Opuscules sur la langue françoise, par divers académiciens,* p. 261.

qui la suit, ne soient immédiatement, nécessairement, et inséparablement unis. Tel est *on* avant son verbe, *on arrive, on est arrivé.* Tels sont les adjectifs qui précèdent leurs substantifs, *bon ange, certain auteur.* Tel est le monosyllabe *en,* soit préposition, *en Italie, en honneur,* soit pronom, *je n'en ai point.* Tels sont *bien* et *rien,* adverbes, mais non substantifs, *il est bien élevé, il n'a rien oublié.*

Je me souviens, à ce sujet, d'un conte que j'ai entendu faire au savant évêque d'Avranches, M. Huet, dont ma plume n'écrit point le nom sans que la reconnoissance me parle au fond du cœur. François I, le pere des lettres en France, disons plus, l'ami des gents de lettres, avoit permis à Melin de Saint-Gelais, son bibliothécaire et son aumônier, de parier que toutes les fois qu'il plairoit au roi d'ouvrir le discours en vers, lui Saint-Gelais acheveroit la phrase sur les mêmes rimes. Un jour donc le Roi mettant le pied à l'étrier, et ayant regardé Saint-Gelais, apostropha ainsi son cheval :

> *Joli, gentil, petit cheval,*
> *Bon à monter, bon à descendre;*

et à l'instant Saint-Gelais ajouta :

> *Sans que tu sois un Bucéphal,*
> *Tu portes plus grand qu'Alexandre.*

Venons à M. Huet. Son illustre compatriote M. de Segrais lui écrivit au nom de l'Académie de Caen, pour inviter l'Académie françoise à décider s'il falloit dire, *bo-n-à monter, bo-n-à descendre,* ou ne point faire tinter la consonne finale de *bon.* Sur quoi l'Académie françoise répondit que, puisqu'on pouvoit introduire un adverbe entre *bon,* et la particule *à,* comme si, par exemple, on vouloit dire; *bon* rarement *à monter, bon* quelquefois *à descendre,* de là il s'ensuivoit que *bon* doit être prononcé sans liaison avec la particule *à.* Mézerai, en qualité de normand, fut seul d'un avis contraire. Mais, comme secrétaire de la compagnie, il fut contraint de rédiger la décision, à laquelle il ajouta, en riant, *Et sera ainsi prononcé nonobstant clameur de haro.*

---

1 [*En* n'est point un pronom, c'est un adverbe.]

ARTICLE QUATRIEME.

De la Quantité.

On a déjà vu qu'il ne *falloit* [faut] pas confondre Quantité et Accent : car l'Accent marque l'élévation, ou l'abaissesement de la voix, dans la prononciation d'une syllabe[1]; au lieu que la Quantité marque le plus ou le moins de temps qui s'emploie à la prononcer.

Puisqu'on mesure la durée des syllabes, il y en a donc et de longues et de breves, mais relativement les unes aux autres; en sorte que la longue est longue par rapport à la breve, et que la breve est breve par rapport à la longue. Quand nous prononçons *matin*, partie du jour, la premiere syllabe est breve, comparée à celle de *mâtin*, espece de chien.

Une breve se prononce dans le moins de temps possible. Quand nous disons, *à Strasbourg*, il est clair que la premiere syllabe, qui n'est composée que d'une seule voyelle, nous prendra moins de temps que l'une des deux suivantes, qui, outre la voyelle, renferment plusieurs consonnes. Mais les deux dernieres, quoiqu'elles prennent chacune plus de temps que la premiere *à*, n'en sont pas moins essentiellement breves : pourquoi? parce qu'elles se prononcent dans le moins de temps possible.

Il y a donc [2] des breves moins breves les unes que les autres; et par la même raison il y a des longues plus ou moins longues : sans cependant, que la moins breve puisse jamais être comptée parmi les longues, ni la moins longue parmi les breves.

---

1 [Selon M. d'Olivet nous n'aurions point d'accent prosodique ; parce que nous n'élevons ni ne baissons la voix sur aucune syllabe d'une maniere sensible : mais dans la réalité, dans chaque mot il y en a une, soit longue, soit breve, que nous marquons par un coup de voix plus fort; et ce coup de voix est un véritable accent prosodique.]

2 Voyez Denys d'Halicarnasse, dans son Traité *de l'arrangement des Mots*, chap. 15 et G. J. Vossius, *de Arte Grammatica*, liv. II, ch. 11. où il a oublié ce passage formel de Quintilien, *Et longis longiores brévibus sunt breviores*, *syllabae*. IX. 4.

On mettra dans un rang à part notre syllabe féminine, plus breve que la plus breve des masculines : je veux dire celle où entre l'*E* muet, dont je n'ai déjà que trop parlé. Quoiqu'on l'appelle *muet*, il ne l'est point ; car il se fait entendre, mais à sa maniere, soit qu'il fasse la syllabe entiere, comme il fait la derniere du mot *armée;* soit qu'il accompagne une consonne, comme dans les deux premieres du mot *revenir.* Ainsi, à parler exactement, nous aurions cinq temps syllabiques, puisqu'on pourroit diviser nos syllabes en muettes, breves, moins breves, longues et plus longues. Mais il est inutile de tant anatomiser les sons : et nous n'avons qu'à suivre l'exemple des Grecs et des Latins, qui ne connoissoient que breves, longues et douteuses.

Quant à celles-ci, distribuons-les en deux classes. Il y en a qui tiennent une espece de milieu entre longue et breve, parce que l'oreille ne peut jusqu'à un certain point les apprécier : d'où il arrive que nos poëtes les font pencher de quel côté ils veulent. Il y en a d'autres que l'usage a décidé qu'on devoit faire tantôt breves, tantôt longues ; mais de maniere que ni leur briéveté, ni leur longueur n'est arbitraire, et qu'elle dépend absolument du lieu où la syllabe est placée.

Je ne m'assujettirai pourtant pas à spécifier toujours de quelle classe est telle ou telle douteuse, parce que cela demanderoit des explications également inutiles, et à ceux qui entendent la matiere, et à ceux qui ne l'entendent point.

Une chose à ne pas oublier, c'est qu'on mesure les syllabes, non pas relativement à la lenteur ou à la vitesse accidentelle de la prononciation, mais relativement aux proportions immuables, qui les rendent, ou longues, ou breves. Ainsi ces deux médecins [1] de Moliere, l'un qui alonge excessivement ses mots, et l'autre qui bredouille, ne laissent pas d'observer également la Quantité ; car, quoique le bredouilleur ait plus vite prononcé une longue que son camarade une breve, tous les deux ne laissent pas de faire exac-

---

1 Dans l'Amour Médecin, acte II, scene 5.

tement breves celles qui sont breves, et longues celles qui sont longues ; avec cette différence seulement, qu'il faut à l'un sept ou huit fois plus de temps qu'à l'autre pour articuler.

Tâchons présentement de faire connoître nos *breves*, nos *longues* et nos *douteuses*. Pour exécuter ce dessein, ou du moins pour montrer qu'il ne seroit pas impossible de l'exécuter, je vais parcourir nos différentes terminaisons, et insister principalement sur les pénultiemes syllabes, qui sont saisies avec le plus d'avidité par l'oreille, dans notre langue surtout, où il y a beaucoup de finales muettes Je ne dois, au reste, considérer ici que la prononciation soutenue, sans toucher aux licences de la conversation.

A.

Quand *A* se prend pour la premiere lettre de l'alphabet, il est long : *un petit* ā, *une panse-d'*ā : *il ne sait ni* ā *ni* b.

Quand il est préposition, il est bref : *je suis à Paris, j'écris à Rome, j'ai donné* ă *Paul;* et de même quand il vient du verbe avoir : *il* ă *de beaux livres, il* ă *été, il* ă *parlé.*

Au commencement du mot, l'A est long, dans āc*re*, āge, ā*ffre*, āgnus, āme, āne, ānus, āpre, ārrhes, ās. Hors de-là il est bref, soit que tout seul il compose la premiere syllabe du mot, comme dans ă*pôtre;* soit qu'il soit suivi d'une consonne redoublée, comme dans ăpprendre, soit que les consonnes soient différentes, comme dans ăltéré, ărgument, etc.

A la fin du mot il est très-bref, dans les prétérits, et dans les futurs : *il aim*ă, *il aimer*ă, *il chant*ă, *il chanter*ă. Dans l'article lă. Dans les pronoms mă, tă, să. Dans les adverbes, çă, lă, déjă, oui dă. On appuie un peu davantage sur les substantifs empruntés des langues étrangeres : *sof*ă, *hoc*ă, *oper*ă, *duplicai*ă, *agend*ă, etc.

ABE. Toujours bref, excepté dans *astrol*āb*e*, et dans cr*ă*be, poisson de mer.

ABLE. Bref dans touts les adjectifs : *aim*ă*ble, rai-*

sonnăble, *capăble*, etc. Long dans la plupart des substantifs : *cāble*, *fāble*, *diāble*, *rāble*, *sāble*; et dans ces verbes, *on m'accāble*, *je m'ensāble*, *il hāble*.

ABRE. Toujours long : *sābre*, *cinābre*, *il se cābre*, *tout se délābre*. Et cette syllabe conserve sa longueur dans la terminaison masculine, *se cābrer*, *délābré*.

AC. Regle générale. Toute syllabe, dont la derniere voyelle est suivie d'une consonne finale, qui n'est ni *s*, ni *z*, est breve : *săc*, *nectăr*, *sĕl*, *fĭl*, *pŏt*, *tŭf*, etc.

[Cette regle est essentiellement fausse, même au jugement de l'oreille la moins exercée. Non seulement la derniere syllabe de *nectar* n'est pas breve, il n'est pas même possible qu'elle le soit ; ce qui sera évident si on la compare avec la premiere ou la seconde syllabe du mot *déjà*, et qu'on mesure la durée de l'une et de l'autre en les prononçant. Il faut en dire autant de *char*, de *czar*, de la derniere syllabe de *coquemar*, etc. Ces syllabes sont tellement longues que chacune, dans la prononciation, paroît en faire deux. De touts les mots en *ar*, il n'y a que *car* et *par* qui soient brefs.]

Une fois pour toutes, faisons ici mention de cette autre regle, qui est sans exception. Toute syllabe masculine, qu'elle soit breve ou non au singulier, est toujours longue au pluriel : *des săcs*, *des sĕls*, *des pŏts*, etc.

On doit même étendre cette regle jusqu'aux singuliers masculins, dont la finale est l'une des caractéristiques du pluriel : *le tēmps*, *le nēz*, etc.

ACE. Long dans *grāce*, *espāce*, *on lāce* [1] *Madame*, *on la délāce*, *on entrelāce ses cheveux de perles*. Hors de là, toujours bref, *audăce*, *glăce*, *préfăce*, *tenăce*, *vorăce*, etc.

ACHE. Long dans [2] *lāche*, *tāche*, *entreprise*, *gāche*, *relāche*, *je māche*, *on me fāche*. Et la même quantité se conserve avec la terminaison masculine : *mācher*,

---

1 Pourquoi *la* est-il long dans *lacer*? A cause du primitif *lacqs*.

2 Pour montrer que ces syllabes sont longues, autrefois on écrivoit, *lasche tasche*, etc. Aujourd'hui du moins on n'y doit pas oublier l'accent circonflexe : *lâche*, *tâche*, etc.

relâcher, etc. Hors de là, bref : tâche, souillure, moustache, văche, il se căche, etc.

ACLE. Long dans il răcle et il débâcle. Hors de là douteux : orăcle, mirăcle, obstăcle, tabernăcle, spectăcle, etc.

ACRE. Long dans âcre, piquant; mais bref dans tout le reste : diăcre, năcre, ăcre de terre, le săcre du roi, săcre, oiseau, etc.

ADE. Toujours bref : aubăde, cascăde, făde, il persuăde, il s'évăde, etc.

[Ces syllabes sont moyennes et non breves.]

ADRE. Bref dans lădre. Long dans cādre, escādre, cela ne quādre pas. Et cette syllabe est pareillement longue avec l'E fermé, mādré, encādrer.

AFE. APHE. Toujours bref : carăfe, épităphe, agrăffe, etc.

AFRE. AFFRE. Long dans āffre, frayeur, et dans bāffre, mot bas. Ailleurs bref : balăfre, săfre, etc.

AFLE. Long, rāfle, j'érāfle. Et la même quantité se conserve quand l'E se ferme : rāfler, érāfler.

AGE. Long dans le mot āge. Mais tellement bref dans tout le reste, qu'on appuie un peu [1] sur la pénultieme.

[L'usage dépose particulierement contre M. d'Olivet, lorsqu'il dit breve la pénultieme syllabe des mots en age.]

AGNE. Toujours bref, excepté ce seul mot, je gāgne, gāgner.

AGUE. Toujours bref, băgue, dăgue, văgue, il extravăgue, etc.

AI, fausse diphtongue, qui ne rend qu'un son simple. Quand c'est le son d'un E ouvert, la syllabe est douteuse : vrăi, essăi. Mais breve, quand le son approche plus de l'E fermé : j'ăi, je chantăi.

[AI est une voyelle et non une dipthongue, puisque c'est un son simple. Il en est de même de au, eu, ou, etc.]

---

1 *Pronuntiatiónem habent talem, ut penúltima syllaba prodúci pótiùs quam córripi dicénda sit; sed tamen ita ut aures hanc productiónem vix séntiant.* Ainsi parle H. Estienne dans ses *Hypomneses*, p. 9. On peut en dire autant des adjectifs terminés en ABLE.

si l'oreille écoute prononcer ces deux mots, elle sentira la voix insister sur la pénultieme du mot *jambe*, et passer assez rapidement sur la premiere syllabe de *jambon*. Or dès que la durée du temps employé à la prononciation de chaque syllabe doit en déterminer la quantité prosodique : il est évident que la premiere syllabe de *jambon* ne peut être mise dans la classe des longues, et que si on ne la fait pas breve, il faut au moins la faire moyenne. Ce que je viens de dire est bien sensible, par exemple, dans le mot *abondance*, où l'on sent qu'on emploie beaucoup plus de temps à prononcer la pénultieme syllabe, que celle qui précede.]

AIME. Cette terminaison, ainsi orthographiée, n'a lieu que dans le verbe *aimer*, où elle est breve.

AINE. Long dans *hāine*, *chāine*, *gāine*, *je trāine*, et leurs dérivés. Hors de là bref : *capităine*, *fontăine*, etc.

AIR. AIRE. Le premier est douteux au singulier : l'*ăir*, *chăir*, *éclăir*, *păir*, etc. Le second est long : *une āire*, *une pāire*, *chāire*, *on m'éclāire*, etc.

AIS. AIX. AISE. AISSE. Touts longs : *Palāis*, *pāix*, *fournāise*, *qu'il plāise*, *cāisse*, *qu'il se repāisse*, etc.

AIT. AITE. Brefs, *lăit*, *attrăit*, *il făit*, *parfăite*, *retrăite*, etc. Il faut excepter, *il plāit*, *il nāit*, *il pāit* et *fāite*, sommet.

AITRE. Toujours long : *trāitre*, *māitre*, et autres terminaisons semblables, quoique l'orthographe soit différente, *parôitre*, *connôitre*, etc. Voyez ETRE.

ALE. ALLE. Toujours brefs : *cigăle*, *scandăle*, *une mălle*, etc. Il en faut excepter [1] ces mots : *hāle*, *pāle*, *un māle*, *un rāle*, *il rāle*. Et quand la finale de ces mots est masculine, leur pénultieme conserve sa longueur : *hālé*, *pāleur*, *rālér*.

AM. AN. Voyez ci-dessus la regle des nasales, où il faut ajouter que si leurs propres consonnes M ou N, se redoublent, cela rend breve la syllabe à laquelle appartient la premiere des consonnes redoublées, qui de-

---

[1] On y mettoit autrefois une S muette, *pasle*, *masle*, ou la voyelle s'y redoubloit, *raale*. Aujourd'hui un accent circonflexe.

6

Quand *brave* précede son substantif, il est bref, *un brăve homme*; mais long, s'il ne vient qu'après, *un homme brāve*.

AVRE. Toujours long : *cadāvre*, etc.

AX. AXE. Toujours brefs : *Ajăx*, *thorăx*, *tăxe*, *parallăxe*, etc.

[M. l'abbé d'Olivet a retranché, dans les dernieres éditions, une regle que je me souviens d'avoir lue dans une plus ancienne, et qui n'est pas non plus dans la premiere. Il ne falloit pas la retrancher, mais la corriger. Il supposoit que dans les mots *obligation*, *publication*, *réputation*, etc. les syllabes *ga*, *ca*, *ta*, sont breves : l'usage les a au contraire rendues très-longues, comme on peut s'en convaincre en écoutant les personnes qui parlent avec pureté.]

E.

On distingue trois principales sortes d'E, qui expriment divers sons, et dont la différence est sensible dans *fermeté*, dans *honnêteté*. On appelle E *ouvert*, celui qui se présente le premier dans ces deux mots : E *muet*, celui du milieu ; E *fermé*, celui qui est à la fin. On ne met point d'accent sur l'E *muet* : on met l'aigu sur l'E fermé, on met le grave ou le circonflexe sur l'E ouvert; souvent on n'y en met point du tout, comme ici sur la premiere syllabe de *fermeté*.

Quand on dit E féminin, cela regarde uniquement l'E muet ; et quand on dit E masculin, cela regarde indifféremment les deux autres.

A l'égard de l'E muet, il suffit d'en savoir deux choses. La premiere, qu'il ne commence jamais un mot. La seconde, qu'il ne se trouve jamais en plusieurs syllabes consécutives : ou que s'il s'y trouve, comme dans quelques mots composés, tels que *revenir*, *redevenir*, *entretenir*, c'est du moins ce qui n'arrive jamais à la fin d'un mot. Ainsi, les verbes dont la pénultieme est muette à l'infinitif, comme *appeler*, *peser*, *mener*, *devoir*, *concevoir*, prennent dans les temps qui finissent par l'E muet, ou un E masculin, ou la diphthongue ōī. *J'appelle, il pese, il mene, ils doivent, conçoivent. Prenez,*

EGE. EGLE. Le premier long : *sacrilège, collège, siège,* etc. L'autre bref, *règle, sĕigle,* etc.

EGNE. EIGNE. Le premier est douteux : *règne, douĕgne.* L'autre bref : *pĕigne, ensĕigne, qu'il fĕigne,* etc.

EGRE. EGUE. Brefs : *nĕgre, intĕgre, bĕgue, collĕgue, il allĕgue,* etc.

EIL. EILLE. Brefs : *solĕil, sommĕil, abĕille.* Voyez la regle sous AIL. Il n'y a d'exception sous EILLE, que *viĕille, viĕillard, viĕillesse.*

EIN. EINT. Voyelles nasales.

EINE. Bref : *vĕine, pĕine,* etc. Ce seul mot *Rēine,* est long.

EINTE. Toujours long : *attēinte, dépēinte, fēinte,* etc.

EITRE. Nous n'avons qu'un mot ainsi terminé *rēitre,* long.

[Ce mot est allemand. Il signifie *cavalier.* Dans le seizieme siecle, on appeloit *reitres,* les cavaliers allemands. *Une compagnie de reitres, un régiment de reitres.*]

EL. Toujours bref : *sĕl, autĕl, cruĕl.*

EL. ELLE. Longs [1] dans *zēle, poēle, frēle, pēle-mēle, grēle, il se fēle,* mouton qui *bēle.* Hors de là bref : *modĕle, fidĕlle, rebĕlle, mortĕlle,* etc.

EM. EN. Je n'ajoute rien ici à la regle des voyelles nasales, si ce n'est que la cousonne finale est sonore dans ces mots : *itĕm, Bethléĕm, amĕn, hymĕn, examĕn,* etc.

EME. Douteux dans *crĕme.* Bref dans *je sĕme, il sĕme.* Long par-tout ailleurs : *baptēme, chrēme, mēme,* etc.

ENE. ENNE. Longs dans *chēne, cēne, scēne, gēne, alēne, rēne, frēne, arēne, pēne,* et dans les noms propres, *Athēnes, Diogēne, Mécēne,* etc. Bref dans *phénomĕne, ébĕne, étrĕnne, qu'il prĕnne, apprĕnne,* et par-tout où la consonne est redoublée.

EPE. EPRE. Toujours longs : *guēpe, crēpe, vēpres.* Exceptez *lĕpre.*

_____

1 Voilà pourquoi anciennement toutes ces longues prenoient une *s* muette, *poësle, mesle,* etc. Exceptez *zele,* dont l'orthographe a toujours suivi l'étymologie.

Ise. Long : *remīse*, *surprīse*, *j'épuīse*, *Qu'ils līsent*, *ils dīsent*. Voyez Ase.

Isse. Toujours bref, excepté dans le subjonctif : *Que je fisse*, *que tu écrivisses*, *qu'ils fissent*, etc.

It. Il n'est [1] long qu'au subjonctif : *Qu'il dīt*, *qu'il fīt*.

Ite. Long dans *bénīte*, *gīte*, *vīte*, et dans ces secondes personnes de l'aoriste : *vous fītes*, *vous vītes*.

Itre. Long dans *épītre*, *huītre*, *regītre*. Que si l'on écrit *registre*, qui est le plus régulier, alors la pénultieme est breve.

Ive. Long dans les adjectifs féminins, dont les masculins se terminent en IF : *tardīve*, *captīve*, *Juīve*, etc.

Ivre. *Vivre*, substantif long.

O

Quand il commence le mot, il est fermé, et bref, excepté dans *ōs*, *ōser*, *ōsier* et *ōter*, où il est ouvert et long : aussi bien que dans *hōte*, quoiqu'on dise *hŏtel* et *hŏtellerie*.

Obe. Long et ouvert dans *glōbe* et *lōbe*. Bref et fermé ailleurs.

Ode. Long dans *je rōde*. Bref par-tout ailleurs : *mŏde*, *antipŏde*, etc.

Oge. Long dans ce seul mot, *le Dōge*, et bref hors de là : *élŏge*, *horlŏge*, *on dérŏge*.

Oi, diphthongue. Douteux à la fin du mot : *rŏi*, *mŏi*, *emplŏi*, etc.

Oie. Long : *jōie*, *qu'il vōie*, etc.

Oient. Long. Terminaison des troisiemes personnes du pluriel, dans quelques temps des verbes où il n'est pas diphthongue : *ils avōient*, *ils chantōient*; au lieu que le singulier est bref : *il avŏit*, *il chantŏit*.

Oin. Voyez la regle des nasales.

Oir. Oire. Le premier douteux : *espŏir*, *terrŏir*, etc. L'autre long : *bōire*, *glōire*, *mémōire*, etc.

Ois. Toujours long, soit que la dipthongue s'y fasse

---

1 Autrefois on écrivoit *qu'il fist*, *qu'il dist*. On doit remplacer l's par un accent circonflexe.

U

Il ne s'agit ici que de l'u voyelle ; car l'v consonne, par lui-même, ne produit aucun son, qui puisse être l'objet de la Quantité.

UCHE. Dans *būche*, *embūche*, on *débūche*, l'u est long. Mais il devient bref dans *bŭcher*, *débŭcher*, etc.

UE, diphthongue, qui ne se trouve que dans *écŭelle*, où elle est aussi breve que peut l'être une vraie diphthongue.

UE, dissyllabe. Toujours long : *vūe*, *tortūe*, *cohūe*, *je distribūe*, etc.

Voyez la regle générale sous la terminaison EE, ci-dessus.

UGE. Douteux : *délŭge*, *refŭge*, *jŭge*, *ils jŭgent*; et absolument bref, quand la syllabe devient masculine : *jŭger*, *réfŭgier*, etc.

UI, dipthongue. Bref devant une syllabe masculine : *bŭisson*, *cŭisine*, *rŭisseau*, etc.

UIE. Long : *plŭie*, *trŭie*, *il s'ennŭie*, etc. Voyez la regle générale sous la terminaison EE, ci-dessus.

ULE. Long dans le verbe *brūler*.

UM. UN. Voyez sous AIN, la regle générale des nasales.

UMES. Long dans les premieres personnes de l'aoriste au pluriel : *nous reçūmes*, *nous ne pūmes*, etc.

URE. Long : *augūre, verdūre, parjūre, on assūre*, etc. Long à l'aoriste : *ils fūrent, ils voulūrent*. Mais bref devant le masculin : *augŭrer*, *parjŭrer*, etc.

USE. Toujours long : *mūse, excūse, inclūse, rūse, je récūse*, etc. On dit pareillement *rūsé*. Mais on dit *excŭser, refŭser, récŭser*, etc.

USSE. Au lieu que la terminaison UCE, réservée pour des substantifs, est toujours breve, *pŭce, aumŭce, astŭce;* celle-ci, à l'exception de quelques noms propres, comme *la Prusse, les Russes*, où elle est breve aussi, n'a lieu que dans les verbes, où elle est toujours longue : *Que je pūsse, que je connūsse, qu'ils accourūssent.*

[L'Académie écrit *aumusse.*]

8. Page 43. *Entre deux voyelles, dont la derniere est muette, les lettres s et z, alongent la syllabe.*

9. Page 42 et 43. *Une R, ou une s, prononcées, qui suivent une voyelle, et précedent une autre consonne, rendent la syllabe toujours breve.*

10. Page 46. *Touts les mots qui finissent par un E muet, immédiatement précédé d'une voyelle, ont leur pénultieme longue.*

11. Page 46. *Quand une voyelle finit la syllabe, et qu'elle est suivie d'une autre voyelle, qui n'est pas l'E muet; la syllabe est breve.*

Je ne réponds pas que ces regles soient toutes sans exception. Tant de combinaisons auroient demandé plus de lumieres; et, s'il faut que je m'accuse moi-même, plus de patience que je n'en ai. Ce n'est pas que je me reproche d'avoir trop peu consulté, mais je doute encore souvent. Je n'ai guere trouvé mes Oracles d'accord entre eux, et j'ai eu de plus à me défier de mes premieres impressions. Vaugelas, éternellement digne de marcher à la tête de ceux qui ont le mieux connu et le mieux servi notre langue, n'avoit-il pas toute sa vie conservé [1] l'accent de sa nourrice? Quelle leçon pour moi personnellement! Combien dois-je avoir de fautes! Mais j'espere que d'habiles gents se feront un devoir de les relever, et qu'enfin, puisque nous avons certainement une Prosodie, on sera parvenu tôt ou tard à la bien connoître.

Pour finir sur ce qui regarde la Quantité, voici ceux de nos *Homonymes*, dont elle sert à distinguer les différentes significations : et de peur qu'on ne s'y méprenne, le latin accompagnera le françois.

---

1 Voiture, dans une de ses lettres à mademoiselle de Rambouillet, parlant du danger qu'il avoit couru dans un lieu du Piémont, où il y avoit une garnison espagnole : *On m'a, dit-il, interrogé. J'ai dit que j'étois Savoyard; et pour passer pour tel j'ai parlé le plus qu'il m'a été possible comme M. de Vaugelas. Sur mon mauvais accent, on m'a laissé passer.* Voiture, sans doute, vouloit plaisanter, à son ordinaire ; mais sans doute aussi, ce n'étoit pas sans quelque fondement.

8

mŭr, *matúrus.* mŭr, *murus.*

il'naît, *náscitur.* 〉
il n'est, *non est.* 〉 nĕt, *nítidus.*

pāte, *farina dépsita.* pătte, *pes.*

pāume, *palma.* pŏmme, *malum.*

pēcher, *piscári.* 〉
pēcher, *pérsica.* 〉 pĕcher, *peccáre.*

pēne, *péssulus.* pĕine, *poena.*

rōt, *caro assa.* rŏt, *ructus.*

sās, *cribrum.* să, *sua.*

scēne, *scena.* 〉 〈 saïne, *sana.*
cēne, *coena.* 〉 〈 la Seïne, *Séquana.*

il tāche, *conátur.* tăche, *mácula.*

tēte, *caput.* tĕtte, *mamma.*

vērs, *metrum.* 〉
vērs, *versùs.* 〉 vĕr, *vermis.*
vērre, *vitrum.* 〉 vĕrd *ou* vert [1], *víridis.*

[Il me paroît que c'est improprement que M. l'abbé d'Olivet appelle homonymes, des mots qui different par la quantité, et par conséquent par la prononciation « HOMONYME se dit des choses qui ont un même nom, » quoiqu'elles soient de nature différente; et particulie- » rement des mots *pareils* qui expriment des choses » différentes. » ACAD. Pour que des mots soient *pareils,* il ne suffit pas qu'ils soient représentés par les mêmes lettres, ou par des lettres équivalentes; il faut encore qu'ils se prononcent de la même maniere; et qu'il n'y ait pas la moindre chose qui puisse servir à les différencier, telle est en françois la différence du genre. Par exemple, *Lŏir,* riviere, et *lŏir,* sorte de rat, sont des mots *pareils :* même orthographe, même prononciation, même genre, tout concourt à les rendre véritablement homonymes. Il en est de même des mots *crĭc* et *crĭ* qui, quoique écrits différemment, se prononcent de la même maniere : de *păir* èt *pĕre :* parce que la voyelle *ai* représente le même son que la voyelle *è* ; que la quantité en est la même ;

_____

[1] [L'Académie écrit uniquement *vert,* contre l'étymologie ; et, par une inconséquence singuliere, elle écrit *verdr, vordoyer, verdure.*]

et le pédantisme. Ceux qui négligent de s'instruire avec l'Antiquité, risquent d'être bien neufs toute leur vie ; et ceux qui ne veulent connoître que l'Antiquité, ne sont jamais, ni de leur temps, ni de leur nation.

Voyons donc en quoi, et jusqu'à quel point, nous pouvons tourner à nos usages, les secours que nos Anciens tiroient de leur Prosodie. Il est clair que sa vertu consiste dans ce qu'ils appeloient le *Rhythme,* c'est-à-dire, *l'assemblage de plusieurs temps, qui gardent entre eux certain ordre ou certaines ' proportions.* Or il y a ici deux choses à distinguer : la premiere, *Que c'est un assemblage de plusieurs temps ;* la seconde, *Que ces temps gardent entre eux certaines proportions.* Quant à la premiere, nous sommes tout-à-fait de niveau avec les Anciens ; puisque nous avons, comme eux, nos temps syllabiques. Quant à la seconde, *Que ces temps gardent entre eux certaines proportions,* je demande si cette contrainte étoit préférable à notre liberté ? Un arrangement régulier des temps syllabiques, mais perpétuellement le même dans la même espece de poésie, valoit-il mieux, et donnoit-il plus de jeu à l'esprit ? Au moins conviendra-t-on que le poëte françois se trouve précisément dans le cas où étoient les orateurs, et grecs et latins. Ils n'avoient point de regles fixes pour la distribution des longues et des breves dans leur prose ; mais ils ne laissoient pas de les distribuer avec art ; et nos poëtes ont la même facilité, d'où résultent les mêmes avantages.

Arrêtons-nous, cela étant, à l'effet que le rhythme est capable de produire. Or, son effet propre et unique, c'est de rendre le discours, ou plus lent, ou plus vif. Plus lent, si l'on multiplie les pieds, où dominent les breves ; car les pieds sont dans les vers, ce que sont les pas dans la danse. Il est vrai que les Anciens étant maîtres de l'arrangement des mots, pouvoient faire tout de suite autant de vers qu'ils vouloient, composés des mêmes pieds. Mais ce n'est pas de quoi il s'agit ; et nous

---

¹ C'est la définition d'Ariste-Quintilien ; rapportée dans les mémoires de l'Académie des Belles-Lettres, *tome V, page* 152.

fassions des vers mesurés, car la chose est démontrée impossible; mais qu'on pourroit quelquefois rendre nos airs plus conformes qu'ils ne sont ordinairement à la Prosodie. On est content du musicien, lorsque son air exprime le sens des paroles : peut-être qu'en même temps il pourroit répondre à la Prosodie, et ce seroit une nouvelle source d'agréments. Pourquoi le musicien ne le pourroit-il pas, puisque le poëte le peut parfaitement, comme le P. Mersenne l'avone; et comme je vais le prouver ?

Qu'on me permette d'essayer sur Despréaux ce que Scaliger et beaucoup d'autres ont fait sur Homere et sur Virgile. Prenons, au hasard, les quatre vers, par où finit le second chant du Lutrin.

Du moins ne permets pas..... La Mollesse oppressée
Dans sa bouche à ce mot sent sa langue glacée;
Et lasse de parler, succombant sous l'effort,
Soupire, étend les bras, ferme l'œil, et s'endort.

Quel est ici l'objet du poëte, d'achever le portrait de la Mollesse. Et comment le peindroit-il mieux, qu'en la supposant hors d'état de finir sa phrase ? Des cinq derniers mots qu'elle articule, il y en a quatre de monosyllabes; *du moins ne permets pas* : et si peu de chose suffit pour épuiser ce qui lui reste de forces. Ajoutons que ces deux finales, *mets*, *pas*, marquent bien la lassitude.

Oppressée, est moins un mot qu'une image. Deux syllabes traînantes, et la derniere qui n'est composée que de l'E muet, ne font-elles pas sentir de plus en plus le poids qui l'accable.

Tant de monosyllabes dans le vers suivant, continuent à me peindre l'état de la Mollesse, et je vois effectivement *sa langue glacée*, je le vois par l'embarras que cause la rencontre de ces monosyllabes, *sa*, *ce*, *sent, sa*, qui augmente encore par *langue glacée*, où *gue*, *gla* me font presque à moi même l'effet qu'on dépeint.

Je cours au dernier vers. Commençons par en marquer la quantité.

Soupire, étend les bras, ferme l'œil, et s'endort.

9

Assurément ; si des syllabes peuvent figurer un soupir, c'est une longue précédée d'une breve, et suivie d'une muette, *soupire*. Dans l'action d'étendre les bras, le commencement est promt, mais le progrès demande une lenteur continuée, *étend les bras*. Voici qu'enfin la Mollesse parvient où elle vouloit, *fermĕ l'œil*. Avec quelle vitesse? Trois breves. Et de là, par un monosyllabe bref, suivi de deux longues, *ĕt s'ēndōrt*, elle se précipite dans un profond assoupissement.

On peut lire sur ce sujet un excellent discours [1] de M. Racine le fils, où il cite ces deux autres vers de Despréaux :

N'attendoit pas qu'un bœuf, pressé de l'aiguillon,
Traçât à pas tardifs un pénible sillon.

« On est contraint, dit-il, de les prononcer avec
» peine et lenteur ; au lieu qu'on est emporté malgré soi
» dans une prononciation douce et rapide par celui-ci :

Le moment où je parle est déjà loin de moi.

Je ne prétends point que Despréaux ait eu de pareilles intentions. Je n'en soupçonne pas plus Homere ni Virgile, quoique leurs interpretes soient en possession de le dire. Mais ce que je croirois volontiers, c'est que la nature, quand elle a formé un grand poëte, un grand orateur, le dirige par des ressorts cachés, qui le rendent docile à un art, dont lui-même il ne se doute pas, comme elle apprend au petit enfant d'un pâtre sur quel ton il doit prier, appeler, caresser, se plaindre.

Pardonnons à un grave philosophe de mépriser, et même d'ignorer les avantages de la Prosodie : mais un poëte, mais un musicien peut-il en avoir une connoissance trop étendue?

Quoique notre poésie, dit M. Burette aux musiciens, *ne se mesure point suivant les longues et les breves, cela n'empêche pas que le chant ne doive faire sentir exactement par la durée des sons, la quantité de*

---

[1] Parmi les mémoires de l'Académie des Belles-Lettres, *t. XV, p.* 223.

Premierement, il est certain que le nombre oratoire n'a été trouvé, ou du moins réduit en art, que long-temps après la mesure du vers. Cicéron en reconnoît Isocrate pour le principal auteur, et Isocrate n'a vécu que plus de six cents ans après Homere. Pour ce qui est des Romains, il paroît que Cicéron, à cet égard, fut leur Isocrate. Quoi qu'il en soit, les Romains n'ont jamais su que ce qu'ils apprirent des Grecs. Aujourd'hui encore, quoique touts les siecles et touts les peuples nous soient connus, il faut convenir qu'en ce qui concerne les beaux arts, les Grecs du bon siecle, qui fut celui de Philippe et d'Alexandre, sont toujours eux seuls, ou du moins préférablement à touts autres, les précepteurs du genre humain. Puisqu'une nation, si attentive d'ailleurs aux grâces du langage, tarda si long-temps à trouver le nombre oratoire; c'est une conso-lation pour nous, qui ne connoissons ce genre d'har-monie, que depuis Malherbe dans les vers, et depuis Balzac dans la prose. Je parle de Malherbe, parce qu'en effet le *nombre* dont il s'agit ici, n'est nullement la *mesure* du vers: et au reste je dis indifféremment, *nombre*, *harmonie*, *cadence*, pour exprimer la même idée, qui dans un moment se débrouillera tout-à-fait.

Mais, en second lieu, comment le nombre oratoire fut-il observé, et sur quel fondement? Rien de plus simple, dit Cicéron: et je m'étonne, ajoute-t-il, que cette découverte ait été faite si tard; puisqu'il suffisoit pour cela de remarquer une chose toute naturelle, qu'une phrase bien cadencée, comme le hasard en pro-duit souvent, est plus agréable qu'une autre, dont le tour n'aura rien d'harmonieux. Telle est en effet la justesse de l'oreille, ou plutôt de l'esprit, à qui l'oreille fait son rapport, qu'ayant la mesure des mots en nous-mêmes, d'abord nous sentons s'il y a dans la phrase du trop ou du trop peu; quelque chose d'excédant, ou de tronqué. Voilà par où l'on parvint [1] à déterminer la mesure du vers: ce ne fut point par des démons-

---

[1] *Neque enim ipse versus ratione est cognitus, sed naturâ atque sensu.* Orat. cap. LV.

sité de les employer tels qu'ils sont : et il y auroit une délicatesse outrée, il y auroit même de la bizarrerie à vouloir en rejeter quelques-uns, sous prétexte que notre oreille ne s'en accommode pas. Un des plus importants secrets de la Prosodie, c'est de tempérer les sons l'un par l'autre. Il n'y a point de si rude syllabe, qui ne puisse être adoucie; il n'y en a point de si foible, qui ne puisse être fortifiée; tout cela dépend des syllabes qui précedent, ou qui suivent celle dont l'oreille se plaint.

J'ai donné [1] pour derniere cause de l'harmonie, l'*arrangement* des mots. Car, quoique notre langue aime un arrangement simple, naturel et régulier, cela n'exclut que les inversions, qui sont violentes : et souvent on est obligé de transposer, ou des mots, ou même des membres de phrases, non-seulement pour être plus clair ou plus énergique, mais encore pour attraper un tour harmonieux. Je ne finirois point, si j'en voulois rapporter des exemples. Qu'on prenne au hasard quelque période un peu sonore, ou dans Fléchier ou dans Bossuet : que l'on en conserve toutes les paroles, mais qu'on les dérange seulement; le sens demeurera le même, et l'harmonie disparoîtra.

Une phrase bien cadencée est donc un tissu de syllabes bien choisies, et mises dans un tel ordre, que les organes, soit de celui qui parle, soit de celui qui écoute, soient agréablement flattés par une sorte de modulation, qui fait que le discours n'a rien de dur ni de lâche, rien de trop long ni de trop court, rien de pesant ni de sautillant.

Quatrieme et dernier point à éclaircir, l'usage que l'on doit faire du nombre oratoire : c'est-à-dire, quelle est sa véritable place ; s'il doit être varié, et comment; en quoi il s'éloigne du nombre poétique, et jusqu'où il peut en approcher.

Que la véritable place du nombre oratoire, ce soit le commencement et la fin d'une période, j'avoue que

[1] *Non numero solùm numerosa oratio, sed et compositione fit.* Orat. LXV.

même [1] pousse l'orgueil encore plus loin qu'eux. Quel est-il? l'oreille. Juge, en effet, le plus orgueilleux qu'on puisse imaginer : car il prend son parti dans l'instant, et sans daigner, ni écouter aucune remontrance, ni rendre aucune raison de ses arrêts.

Pour obéir à l'oreille, jamais ne négligeons le nombre, mais varions-le souvent. Elle demande qu'on soit attentif à lui plaire, sans que cette attention se fasse remarquer. Une suite de périodes, toutes de la même étendue, dont les membres seroient également partagés, et qui produiroient un nombre uniforme, ne manqueroit pas de fatiguer, et décéleroit un art odieux. Il faut couper nos phrases à propos. Mais il y a une maniere de les couper, qui, bien loin d'interrompre l'harmonie, sert à la continuer et la rend plus agréable. Car ne confondons pas le style qui n'est pas périodique, avec le style qui n'est point lié. On peut n'être pas toujours périodique; il y a même plus de grace à ne l'être pas toujours : mais on doit toujours lier ses phrases, de maniere qu'elles soient enchaînées l'une avec l'autre. Je porte envie aux Grecs, dont la langue étoit si abondante en conjonctions : au lieu que la nôtre n'en conserve que très-peu; encore voudroit-on nous en priver. Rien de plus contraire à l'harmonie, que des repos trop fréquents, et qui ne gardent nulle proportion entre eux. Aujourd'hui pourtant c'est le style qu'on voudroit mettre à la mode. On aime un tissu de petites phrases isolées, décousues, hachées, déchiquetées. Il semble que la valeur d'une ligne soit une immense carriere, qui suffise pour épuiser les forces de l'auteur; et qu'ensuite, tout hors d'haleine, il ait besoin de faire une pause, qui le mette en état de recommencer à penser. Ordinairement ces sortes de gents ont des idées aussi bornées et aussi peu liées que leurs phrases. Vraies copies de cet Hégésias, dont Cicéron [2] dit, que si quelqu'un cherche un *sot* écrivain, il n'a qu'à prendre celui-là.

---

1 *Aures, quarum est judicium superbissimum.* Orat. cap. XLIV.
2 *Quam* (numerosam comprehensionem) *perversè fugiens Hegésias...* *saltat, incidens particulas : et is quidem non minùs sententiis peccat, quam*

» se livrer à l'examen [1] de l'*Envie* et du *Temps,* juges for-
» midables, il ait apporté une attention si scrupuleuse,
» non seulement à la solidité et à l'ordre des pensées,
» mais encore au choix et à l'arrangement des mots.
» On ne trouvera rien là d'étonnant, si l'on considere
» que les auteurs de son temps se piquoient, non pas
» simplement d'écrire, mais de buriner et de sculpter
» leurs ouvrages. Isocrate employa dix années au moins
» à composer son [2] Panégyrique. Platon, à l'âge de
» quatre-vingts ans, retouchoit encore ses dialogues, et
» sans cesse travailloit à y mettre de l'élégance. Quoi,
» ne loue-t-on pas un peintre, un graveur, de re-
» chercher leurs ouvrages avec la derniere exactitude?
» Un orateur doit, à bien plus forte raison, se donner
» les mêmes soins. Outre que ces soins ne sont, ni
» pénibles, ni ingrats, du moment que l'expérience les
» rend familiers : et sur-tout lorsqu'à l'exemple de
» Démosthene, une jeunesse studieuse aura bien fait
» tout ce qu'il faut pour se former le goût et l'oreille. »

Ainsi parle ce docte rhéteur, dont les sages réflexions
pourroient n'être pas inutiles dans le siecle où nous
sommes, bien différent de ce siecle où l'on ne souffroit
que des ouvrages *sculptés et burinés.* On veut trop
écrire aujourd'hui, on ne veut prendre ni le temps,
ni les soins nécessaires pour produire du bon; et parce
qu'on lit peu les originaux, peu de gents ont l'idée
du parfait. Au moins ne devroit-on pas négliger ce qui
résulte plutôt de l'art que du génie. On n'est pas maître
de se donner des talents; on est maître de se donner
des connoissances, qui toutes seules, à la vérité, ne
feront pas un bon écrivain, mais sans lesquelles aussi
on ne sauroit bien écrire. Telle est la science de la
Prosodie : la plus facile et la moindre des sciences pour

---

1 De ces deux juges, l'un est à mépriser pour un honnête homme.
Mais plus un auteur sera honnête homme, plus il fera d'efforts pour se
concilier l'autre. *Servi igitur iis étiam judicibus, qui multis post séculis
de te judicábunt.* Cic. pro Marcéllo, cap. 9.

2 *Le Panégyrique d'Isocrate* n'est pas l'éloge de cet orateur ; mais le
titre d'un de ses plus fameux discours : et c'est un terme consacré en notre
langue, comme l'a remarqué M. Despréaux sur le chap. III de Longin.

LETTRES[1]

DE M. L'ABBÉ BATTEUX

A M. L'ABBÉ D'OLIVET,

SUR L'ACCENT.

PREMIERE LETTRE.

Sur l'Accent prosodique.

Avons-nous dans les mots de la langue françoise, considérés à part, et sans aucune relation, ni à ceux qui les accompagnent, ni à ce que la phrase signifie, des syllabes qui demandent d'être plus élevées ou baissées dans la prononciation ? Voilà, Monsieur, l'état de la question tel que vous le proposez dans votre Prosodie[2].

Il ne s'agit donc dans cette lettre, ni de l'accent oratoire, qui aide à désigner, ou à fortifier le sens d'une phrase dans le discours, soit familier, soit soutenu ; ni de l'accent national, qui est un vice et non une propriété de la prononciation françoise ; ni de l'accent imprimé, qui marque un *e* plus ou moins ouvert ou fermé, qui distingue un adverbe d'un nom, qui tient lieu d'une lettre supprimée : il s'agit uniquement de l'accent qui, s'il existe, fait élever ou baisser la voix sur une syllabe, en prononçant un mot françois ; je dis un mot, et non pas une phrase.

Personne n'ignore que les Grecs et les Latins avoient des accents, quoique dans les commencements ils ne les marquassent point dans l'écriture. Touts nos voisins, les Italiens, les Espagnols, les Anglois, les Allemands, chantent leur langue. Pour nous, nous avons l'axiome qui dit, *que pour bien parler françois, il ne*

---

1 Voyez la note 1, page 19.
2 Page 19.

il semble que la voix s'éleve un peu sur ce monosyllabe, et qu'elle s'abaisse sur *temps*.

Je conviendrai sans peine que dans un essai tel que
celui-ci, il est aussi aisé de se méprendre que d'être
contredit. Je demande seulement qu'on attende, pour
juger, que tout soit lu; et qu'on tâche de ne pas confondre l'accent prosodique avec l'accent oratoire.

Nous n'avons vu dans les vers cités que des monosyllabes, des dissyllabes et des trissyllabes : veut-on voir
des mots plus longs?

D'où vous vient aujourd'hui ce noir *pressentiment?*
Dès long-temps votre amour pour la *religion*
Est traité de révolte et de *sédition.*

L'accent dans ces trois mots est placé sur l'antépénultieme, qui est suivie de deux très-breves. On abaisse
de même les deux dernieres dans *admiráblement,*
invincíblement; parce que les deux dernieres sont très-
breves. On n'abaisse que la derniere dans *infiníment,*
parce que la pénultieme n'est pas si breve que les autres
syllabes de ce mot.

Si à ces adverbes ou à d'autres mots on joint quelques monosyllabes par maniere d'enclitique; l'accent
se porte alors sur la derniere, et la voix s'abaisse et se
repose sur l'enclitique : *admirablément-bien, excessi-*
vemént foible; cette expressión-là; ce mot-ci; vous
l'entendéz-mal; vous n'y penséz-pas.

Avant que d'établir aucun principe d'après ces observations, il est nécessaire de fixer quelques notions.

On convient généralement que dans toutes les langues qui ont des accents prosodiques (elles en ont
toutes, plus ou moins sensibles), il ne peut y avoir
qu'un accent pour un mot, quelque long que soit
ce mot.

On convient encore que cet accent consiste à élever
la voix seulement, ou à l'abaisser seulement, ou à l'élever et à l'abaisser successivement sur une même syllabe :
ce qui forme trois especes d'accent, l'aigu, le grave, le
circonflexe. Le grave, selon quelques grammairiens,
est moins un accent qu'une privation d'accent; parce
que, disent-ils, on n'abaisse la voix qu'après qu'on l'a

Monosyllabes masculins.

Tout monosyllabe bref pris séparément n'a point
d'accent : on en a indiqué la raison. Jamais la voix ne
s'élève qu'elle ne s'abaisse ensuite ; or elle ne peut point
s'élever et ensuite s'abaisser sur une syllabe unique, qui
n'auroit de durée qu'un seul temps. D'ailleurs on ne
peut juger de l'élévement ou de l'abaissement que par
comparaison. On a ajouté qu'on le supposoit *pris séparément*, parce que dans une suite de monosyllabes
brefs réunis par le sens, celui qui précéde le final
porte l'accent, comme dans les polysyllabes : *Dieu seul
fait tout én nous :* c'est le mot *en* qui porte l'accent.

Par la raison contraire, tout monosyllabe prononcé
long, c'est-à-dire, de deux temps ou environ, aura
l'accent circonflexe : *tôt, paîx, ô !* etc.

Monosyllabes féminins.

Avons-nous des monosyllabes féminins ? Car je ne
regarde point comme tels, *me, ne, je, te, se, de,* etc.
qui ont l'*e* très-bref, mais qui ne l'ont nullement muet,
puisqu'il se prononce très-distinctement.

J'entends par monosyllabe féminin, celui qui est
composé d'une syllabe masculine, suivie d'un *e* muet,
comme *vîte, belle, parle,* etc. Il y a des Gammairiens
qui appellent la syllabe où est l'*e* muet, *demi-syllabe*.

Dans ces mots la demi-syllabe n'a qu'un quart de
temps, et moins encore ; celle qui la précéde, n'eût-
elle qu'un demi-temps, est longue au moins par comparaison. Ainsi il y aura une regle générale que dans
tout monosyllabe féminin, la syllabe masculine porte
l'accent aigu : *párle, chánte, bélle.*

Dissyllabes masculins.

Les dissyllabes masculins de deux longues portent
l'accent sur la première, *árdeur ;* à moins que la seconde ne soit très-longue : car alors l'accent est sur le
premier temps de la derniere, *tantôt, aimôient.*

Les dissyllabes de deux breves ont l'accent sur la
premiere : *fleúri, sómmet.*

Trissyllabes féminins.

Si la derniere est longue, elle porte l'accent ; entendúe, chevelúre, violénce.

Si elle est plus breve que la pénultieme, c'est la pénultieme qui le porte ; insénsible.

Si la pénultieme n'est pas plus longue que la derniere : alors celle-ci attirant à elle l'*e* muet, devient plus longue, et porte l'accent ; divisible, insipíde.

Les mots de quatre, de cinq, de six syllabes ne pouvant avoir d'accent que sur l'une de leurs trois dernieres syllabes, ne peuvent avoir de regles qui leur soient particulieres ; probabilitó, confórmitó, insurmóntablo, un honnéte-homme : touts ces mots suivent constamment la même regle, qui est de laisser après l'élévement de la voix à-peu-près la durée d'un temps, quelquefois partagée entre deux syllabes breves, quelquefois remplie par une seule moins breve, ou par une muette avec une partie de la durée de la syllabe précédente. Voilà une regle générale à laquelle se rapportent toutes les autres. Si pour une plus grande netteté, on veut séparer la regle des polysyllabes masculins de celle des polysyllabes féminins, les voici :

I. REGLE.

Les polysyllabes masculins ont après l'accent, ou une syllabe breve, ou deux très-breves, c'est-à-dire, environ la valeur d'un temps.

II. REGLE.

Les polysyllabes féminins ont après l'accent, ou le reste d'une demi-longue, ou une très-breve, avec l'*e* muet, c'est-à-dire, un peu moins que la valeur d'un temps.

Ces regles sont au fond à peu près les mêmes que celles de l'accent des Latins, que voici : 1° Le monosyllabe ne peut avoir d'accent que le circonflexe. 2°. Tout dissyllabe a l'accent sur la premiere. 3°Tout trissyllabe dont la pénultieme est breve, a l'accent sur l'antépénultieme. 4° Tout trissyllabe qui a la pénultieme longue, a l'accent sur cette même pénultieme. La seule différence que notre Prosodie peut avoir à ce sujet vient de nos *e* muets, tant à la fin des mots qu'ailleurs.

En général chez nous, comme chez les Latins, et par-tout ailleurs, dans la prononciation d'un mot quel qu'il soit, l'oreille s'aligne pour préparer la finale, et descendre agréablement d'une syllabe un peu plus élevée que les autres jusqu'au point de repos. Elle prend parmi nous environ la valeur d'un temps, pour faire son abaissement. Mais comme la configuration des mots n'est pas toujours telle qu'il le faudroit, pour prendre cet espace juste : elle fait des compensations secretes, et approche le plus qu'elle peut de la mesure dont elle a besoin; en sorte que si elle n'a pas l'espace réel qu'elle demande, elle a du moins l'espace proportionnel qui lui convient, eu égard aux syllabes plus longues ou plus breves qui précèdent l'abaissement.

Je dois dire ici que les regles qu'on vient de voir, et les observations qui les ont produites, ne m'ont été fournies que par l'attention de l'oreille. J'avois pensé que s'il y avoit quelque fondement dans la chose, et quelque exactitude avec les observations, je me rencontrerois en quelques points avec ceux qui ont fait des recherches sur cette même matiere; et que cette rencontre, si elle avoit lieu, seroit une preuve de plus pour les regles à établir : c'est ce qui est arrivé.

Théodore de Beze, qui écrivoit, il y a près de deux cents ans, parle ainsi de nos accents dans son livre, *De fráncicae linguae rectá pronunciatióne :* « Il y en a qui » prétendent que la langue françoise n'a point d'ac- » cent; d'autres qu'elle en a comme la grecque. » Ils se trompent fort les uns et les autres : on le » sentira, si on consulte attentivement l'oreille. Je dis » donc qu'il y a dans la langue françoise, comme dans » la grecque et dans la latine, des longues et des breves; » et trois accents, l'aigu, le grave, et le circonflexe. Les » Grecs mettent l'accent aigu sur les longues et sur les » breves;..... mais moi je puis dire avec certitude que » dans la langue françoise, l'accent aigu suit tellement » la syllabe longue, qu'il n'y a point de syllabe longue

» qui ne soit prononcée en élevant la voix, et qu'il n'y
» en a point d'élevée qui n'ait l'accent aigu; de sorte
» que toute syllabe aiguë est longue, et que toute
» breve est grave. » *Illud certò dixerim, sic con-
cúrrere in fráncicá linguá tonum acútum cum tempore
longo; ut nulla syllaba producátur quae itidem non
attollátur, nec attollátur ulla quae non itidem acuátur.*

Beze veut dire, sans doute, que toute syllabe aiguë,
ou élevée dans la prononciation, est plus longue, ou
sensiblement moins breve que toutes celles qui la suivent
dans le même mot; et que toute grave, c'est-à-dire,
toute syllabe qui s'abaisse dans la prononciation, est
plus breve, ou sensiblement moins longue que celle qui
porte l'accent aigu. Sans cette explication il seroit nécessaire que tout polysyllabe eût une longue, et qu'il
n'en eût qu'une. Or il y a en françois beaucoup de mots
qui sont de plusieurs longues; quoique parmi ces longues, celle qui porte l'accent soit la plus longue : il y
en a aussi beaucoup qui sont tout de breves, mais parmi
lesquelles il y en a une moins breve, qui est celle qui
porte l'accent.

Beze lui-même reconnoît cette vérité dans l'explication de sa premiere regle : lorsqu'après avoir dit que,
» beaucoup de mots françois ne sont composés que de
» breves, comme *miséricorde*, et qu'aucun n'est com-
» posé de plusieurs longues; » il ajoute que, quand
même il y auroit plusieurs syllabes longues dans le
même mot, la pénultieme aiguë domine tellement, que
les autres paroissent breves : *Minimè quasi non inve-
niántur voces in quibus plures sint naturá longae : sed
quoniam penúltima sic dominatur, ut réliquae praece-
déntes syllabae, quamvis naturá longae, nec acúantur
tamen, nec verè producántur.* Il cite pour exemple le
mot *entendement*, dont il place l'accent sur l'antépénultieme, qui n'est pas plus longue que sa précédente,
et qui cependant paroit sa seule longue.

Ce principe s'applique de lui-même aux breves, et
au mot *miséricorde* en particulier. Quoiqu'il soit composé tout de breves; il y en a cependant une moins
breve, celle qui porte l'accent.

Ainsi la regle de Beze se réduira à ceci : *Que dans tout polysyllabe françois, la syllabe qui porte l'accent prosodique est sensiblement la plus longue ou la moins breve qu'il y ait dans ce mot.* Or cette plus longue, ou cette moins breve est toujours, ou *l'antépénultieme*, quand les deux syllabes suivantes sont très-breves, c'est-à-dire, qu'elles ne valent ensemble qu'un temps; ou *la pénultieme*, quand le mot est de deux syllabes, ou bien que la derniere est plus breve que la pénultième; ou enfin *la derniere*, quand elle est assez longue pour porter successivement l'élévement et l'abaissement de la voix. Par conséquent notre regle est d'accord avec celle de Beze.

Enfin, si l'on consulte la prosodie grecque et la latine; on y verra les principes communs et les différences propres de chacune de ces langues et de la nôtre. On y verra que tout accent doit porter sur une des trois dernieres, et qu'il ne remonte jamais jusqu'à la quatrieme [1]; que toute syllabe longue par nature, quand elle porte l'accent, a le circonflexe; et que quand une des trois dernieres est longue et les deux autres breves, ou qu'il y en a une moins breve que les deux autres, c'est ordinairement sur la moins breve ou sur la longue qu'est l'accent.

Les Grecs, dont la langue est la plus harmonieuse de toutes celles que nous connoissons, laissoient souvent deux temps, et quelquefois trois après l'accent : c'étoit une gradation descendante, qui se faisoit doucement et peu à peu; et qui quelquefois, lorsque le sens l'exigeoit, se précipitoit brusquement par les syllabes breves. Les Latins n'en avoient jamais que deux; qui sont sensibles dans le dactyle, cette mesure qui tombe avec tant de grace. La langue françoise se contente d'un seul et quelquefois de moins : ce qui ne peut être que très-désavantageux à l'harmonie de notre langue. Toutes nos chutes sont en précipices plutôt qu'en pente : la voix tombant tout-à-coup se perd dans une finale quel-

---

1 *Vid. Perizon. ad Sanctium.* L. 1. c. 8.

quefois sourde, quelquefois muette, qui laisse l'oreille sans objet, et l'harmonie sans appui suffisant.

Mais peut-être aussi que chez les Grecs et les Latins, dont je crois que nous ne jugeons si favorablement, que parce que nous ne sommes pas en état de les juger en cette partie, il n'y avoit pas si souvent que nous le croyons, cette descente graduée de la voix. Ce qui m'en fait douter, c'est que tout ce qui est fondé sur la nature est à peu près le même chez touts les hommes. Les Grecs et les Latins avoient de même que nous des longues et des moins longues, des breves, des plus breves, même des muettes [1] : de sorte que ce que nous prenons pour deux ou trois temps, parce qu'il y a deux ou trois syllabes, pouvoit bien chez eux n'en faire qu'un ou deux tout au plus. Quoi qu'il en soit de ce doute, il me semble qu'il ne doit pas nous déplaire ; parce qu'en fait d'harmonie nous devons aimer tout ce qui peut rapprocher de nous les Grecs et les Latins, qui doivent être nos modeles, comme ils sont nos maîtres.

Je suis, etc.

---

[1] Voyez Denys d'Halicarnasse, sect. 15.

~~~~~~

SECONDE LETTRE.

Sur l'Accent oratoire.

PERSONNE n'ignore qu'il y a deux sortes de prononciations dans les langues ; l'une familiere, l'autre soutenue. Dans la premiere, celui qui parle s'abandonne à sa vivacité naturelle, et ne songe qu'à l'intérêt de la chose même : touts ses accents sont emportés par la rapidité de l'articulation. Ce n'est point là, ce semble, qu'il faut reconnoitre les accents : non pas qu'ils n'y soient, aussi bien que dans la prononciation la plus soutenue ; mais parce qu'ils y tiennent moins de place, et qu'ils y sont, par cette raison, moins aisés à apercevoir et à juger. Dans la prononciation soutenue, il y a, comme l'indique assez le nom qu'elle porte, une espece de chant. Chaque son y est prononcé avec une sorte de modulation : les syllabes longues y sont plus ressenties ; les breves y sont articulées avec un soin qui leur donne plus de corps et de consistance ; ce qui rend l'accent oratoire plus aisé à observer, à mesurer, à comparer avec l'accent prosodique. Je me bornerai donc ici à cette espece de prononciation. Les observations s'appliqueront d'elles-mêmes à la prononciation familiere.

La prononciation soutenue comprend, 1° les intonations, plus élevées ou plus basses, plus fortes ou plus foibles ; 2° les éclats de voix ; 3° les tenues sur les longues, dont on fait plus sentir la longueur ; 4° les expressions, lorsqu'on appuie sur certaines lettres ou syllabes ; 5° les accélérations ou les ralentissements de la voix, dans certaines périodes, ou figures ; 6° enfin les inflexions de la voix, lorsqu'elle tend ou qu'elle se prépare à un repos.

Si on prétend que toutes ces choses sont comprises dans ce qu'on appelle Accent oratoire, cet accent alors

sur l'avant-derniere de *déconcerté*. Si par hasard ou par caprice, ou dans quelque phrase conditionnelle, au lieu de baisser la derniere de *déconcerté*, il entreprend de l'élever ; il ira en s'élevant au même intervalle où il eût été en s'abaissant : ce qui revient au même pour établir la regle.

Déjà prenoit l'essor, pour se sauver dans les montagnes, cet aigle dont le vol hardi avoit d'abord effrayé nos provinces. Je ne sais si je me trompe : mais il me semble qu'on peut faire sentir une espece de repos après *déjà*, un autre après *essor* ; il y en a un sûrement après *montagnes* ; il peut y en avoir encore un après *cet aigle*, un autre après *hardi*, et enfin le dernier après *provinces*. Non pas que chaque orateur doive s'arrêter dans chacun de ces endroits précisément : mais parce qu'il le peut, et qu'il le fera, selon son goût et sa maniere d'être affecté dans le moment de l'action, choisissant à son gré de faire sentir le repos dans un endroit plutôt que dans un autre, soit pour présenter l'objet plus distinctement, soit pour suspendre l'esprit de l'auditeur, et exciter son attention. On peut contester ces repos, ces demi-repos, ces quarts de repos. Mais ce qu'on ne pourra contester, c'est que sans repos il n'y auroit point lieu aux accents oratoires ; et que sans les accents oratoires, la prononciation de la période seroit roide, seche, dure, sans grace ; et que si on y met les accents oratoires, ils seront placés sur les mêmes syllabes que l'accent prosodique : *Déjà, l'éssor, móntagnes, cet aigle, hárdi, provínces.* Je me contente pour abréger, de mettre l'accent imprimé sur la syllabe qui porte les deux accents, c'est-à-dire, le prosodique et l'oratoire.

Hélas ! nous savions ce que nous devions espérer, et nous ne pensions pas à ce que nous devions craindre. Outre les trois repos à remarquer ici après *hélas*, après *espérer*, et après *craindre*, il y a l'antithese qui doit être rendue par une intonation plus haute dans le premier membre, et plus basse dans le second. Mais cette intonation ne tient ni à l'un ni à l'autre accent : c'est une espece de chant dont l'effet se porte sur les deux membres en opposition ; et dont une des principales propriétés est de concerter la suite et le contraste des sons, avec la suite et le contraste des idées.

O dieu terrible, mais juste dans vos conseils sur les enfants des hommes ! vous immolez à votre grandeur de grandes victimes ; et vous frappez, quand il vous plaît, ces têtes illustres que vous avez tant de fois couronnées. L'orateur ne manquera point de faire sentir un repos après *terrible*, et un autre après *juste* : l'intonation du premier membre, *ô Dieu terrible*, sera plus élevée ; celle du second plus basse, *mais juste* : il appuiera sur la premiere de *terrible*, et fera sentir fortement les deux *rr*; il appuiera de même sur la premiere de *juste*, en faisant un peu siffler la consonne *j*; il précipitera un peu l'articulation du reste de la période, *sur les enfants des hommes*, parce qu'il y a un peu trop de sons pour l'idée. Il appuiera de même sur *immolez*, sur *grandeur*, sur *frappez*; il développera la premiere de *têtes* et l'avant-derniere *d'illustres*; enfin il alongera, tant qu'il le pourra, la derniere de *couronnées*. Je donne touts ces détails minutieux, afin qu'on puisse observer les fonctions de l'accent au milieu de toutes les parties de la prononciation.

On peut remarquer ici que les intonations, sensibles surtout au commencement des membres de périodes, et après les repos et les expressions appuyées, se placent sur les consonnes et non sur les voyelles, et qu'elles sont entierement séparées de l'accent : mais que les développements de la voix et les tenues, qui ne peuvent être que sur des voyelles, tombent sur les mêmes syllabes que l'accent; et qu'elles ne sont que la syllabe accentuée, prononcée avec plus de force et plus d'étendue.

Comme ce sont les figures oratoires qui influent le plus sensiblement sur la déclamation, essayons-en quelques-unes de celles qui ont un caractere plus marqué dans l'oraison.

La subjection est une figure par laquelle l'orateur interroge son adversaire ou son auditeur, en se chargeant de répondre lui-même pour eux. Écoutons M. Fléchier parlant de M. de Turenne : *Remportoit-il quelque avantage? A l'entendre, ce n'étoit pas qu'il fût*

l'ame et le corps l'un de l'autre. Comme la parole n'est que la pensée prononcée, produite au-dehors; de même l'accent oratoire n'est que l'accent prosodique ou l'inflexion naturelle de la voix, rendue plus sensible, plus animée, plus significative, en un mot, plus passionnée.

Je croyois, je l'avoue, en entrant dans cette matiere, trouver des différences plus grandes et plus marquées entre les deux accents : les variétés des passions et les nuances de chacune d'elles étant infinies, il sembloit que les expressions en seroient variées de même; mais partout les éléments sont en petit nombre, et la voie de la nature est simple.

Ce n'est pas qu'il ne puisse rester quelque nuage sur cette discussion. Dans l'action oratoire l'élévement se fait quelquefois en deçà de l'antépénultieme, et la tendance au point final part de plus loin que la syllabe accentuée : c'est une observation qu'on a faite, et que j'ai faite moi-même.

Pour résoudre cette difficulté, il faudroit peut-être distinguer entre la prononciation simplement oratoire, où l'accent aide plus à rendre le sens qu'à exprimer la passion; la déclamation vive, où le cri de la passion se mêle à l'articulation des mots; et le chant musical où la passion s'exprime presque seule, tant par la variété des intonations que par la durée des tenues.

Il est évident pour quiconque a quelque teinture de musique, que le chant a ses préparations aux repos, de même que la déclamation vive et la prononciation simple. Mais comme par sa nature il étend la durée de toutes les syllabes qui sont susceptibles d'extension : il s'ensuit qu'il doit aussi étendre par proportion, les préparations aux repos; et par cette raison faire quelquefois l'élévement plus ou moins en deçà de la syllabe qui est accentuée dans la prononciation simple.

Ce n'est pas la seule altération que le chant fait dans la prononciation simple des langues. Il alloit chez les Grecs jusqu'à rendre longues des syllabes breves, et breves des syllabes longues [1]. Et dans notre langue,

[1] Voyez Denys d'Halicarnasse, ch. 6.

de l'*e* muet, qui est nul dans la prononciation simple, qui devient une syllabe très-distinctive dans le vers, il en fait quelquefois une longue dans les finales.

D'après ces observations, je dirai, pour tâcher de répondre à la difficulté proposée, qu'il n'est pas étonnant que dans la déclamation vive, qui est une espece de chant; et qui le devient encore plus, quand elle approche des finales : l'accent oratoire soit quelquefois rejeté en deçà de l'antépénultieme. Comme c'est la passion qui l'anime principalement; que les intonations y sont plus fortes; les sons plus variés et plus étendus, en un mot plus chantés : il est assez naturel que l'accent oratoire se ressente de cette altération, qu'éprouve la prononciation simple. Cependant il me semble avoir observé que cet accent n'est nullement détruit : parce que la déclamation la plus passionnée, quand il s'agit d'arriver au repos, n'est jamais qu'une secousse plus forte; qui, partant de plus loin que l'accent ordinaire, joint celui-ci sur sa route; l'enveloppe et l'emporte avec lui, jusqu'au point où ils tendent ensemble par leur direction commune.

Par cette explication, le principe sur les accents reste toujours le même; avec cette exception, qui se trouve dans toutes les langues, que plus la prononciation oratoire approchera du chant musical, plus l'accent oratoire pourra s'éloigner de la finale : et réciproquement, qu'il s'approchera d'autant plus de la finale, qu'il sera plus éloigné du chant musical; tellement que l'accent pourra laisser après lui plus ou moins de temps, ou des temps plus ou moins longs proportionnellement, selon que la langue sera plus ou moins harmonieuse et musicale par elle-même, ou qu'elle sera prononcée avec une intonation plus ou moins passionnée.

Je laisse à de plus savants que moi, à traiter cette matiere relativement au chant musical. Il me suffit d'avoir nettoyé à peu près mes idées, sur ce qu'on appelle accent prosodique et accent oratoire. Je saurai à quoi m'en tenir, si vous daignez ne pas désapprouver mes observations et mes idées. Je suis, etc.

DISSERTATION

EN FORME D'ENTRETIEN

SUR LA PROSODIE FRANÇOISE,

PAR M. DURAND,

MINISTRE A LONDRES.

d'une chose que j'avois souvent ouï dire, avant même que de mettre le pied en Angleterre; savoir, que *l'accent françois, dans une bouche angloise, surtout d'une dame, est infiniment plus supportable qu'aucun de nos dialectes provinciaux.*

A. « La remarque est singuliere! »

B. Si donc vous aviez à lire ou à parler en public, lequel de ces trois accents choisiriez-vous, ou celui du *Gascon,* qui est encore assez commun dans notre refuge; ou celui du *Bas-Normand,* qui l'est encore davantage; ou enfin celui de l'*étudiant* de *Cambridge?*

A. « Quels *modeles* vous me proposez là, comme si » nous étions tout-à-fait dépourvus à cet égard! »

B. Vous convenez donc qu'il y a une *vraie* Prosodie dans notre langue, puisqu'il y en a tant de fausses. Et s'il y en a une vraie, il faut la chercher et la trouver. Elle n'est ni à *Oxford,* ni à *Cambridge,* ni à *Londres,* ni à *Dieppe,* ni à *Montpellier,* ni à *Toulouse :* elle est à PARIS, au centre de la lumiere et du bon goût, parmi les *dames* qui se piquent de génie et d'élocution, parmi les *savants* et les *ecclésiastiques* de la cour, parmi les *académiciens* et les *avocats* du premier ordre, qui la cultivent sans fin et sans cesse; d'où elle se répand plus ou moins dans le voisinage : si elle n'en vient pas originairement, comme on l'assure de quelques villes de la *Loire.* C'est là, nous dit-on, qu'il faut chercher l'*Attique* de la France; parce que le bon accent s'y est conservé depuis plusieurs siecles : vous savez que la cour y fixa en quelque sorte son asile durant les guerres *angloises.* Ne seroit-ce point une des raisons de la douceur et de la pureté de son accent? Je n'en sais rien; et je ne vous donne cette conjecture que pour ce qu'elle vaut.

A. « Je ne suis pas assez instruit dans nos *Antiquités* » pour en juger : mais puisque vous m'avez convaincu » qu'il y a en françois une *véritable* Prosodie, il me » semble que vous êtes engagé à m'en communiquer les » *principes;* à moins que vous ne preniez plaisir à me » laisser dans mon ignorance. »

B. Vous avez là-dessus les ouvertures d'un [1] *acadé-micien* célebre, qui a fait toute sa vie une étude parti-culiere de sa langue ; et qui, se trouvant aux sources de la bonne prononciation, ne sauroit vous égarer. Pour moi, qui ne suis qu'un réfugié et un provincial, le ton de maître ne me convient point ; et encore moins sur un article où je vois tant de gents qui se mécomptent.

A. « Hé bien, point de décisions ; dites-moi seule-
» ment votre pensée sur ce sujet : je ne souhaite pas d'en
» savoir plus que vous. »

B. J'y consens, mais à condition que vous ne pren-drez point ceci pour une *Critique* de M. *l'abbé d'Olivet.* J'ai toujours fait beaucoup de cas de toutes ses produc-tions, et celle dont il s'agit n'est pas la moins travaillée. Peut-être a-t-il oublié quelques remarques essentielles qui ne m'ont point échappé : j'avois fait mon plan avant qu'il eût publié le sien ; mais comme il est le premier en date, il aura toujours la gloire de l'invention. Entrons en matiere.

D'abord je n'ai rien à vous dire sur *l'Aspiration.* M. *La Touche* et le P. *Buffier,* pour les nommer selon l'ordre des temps, ont épuisé la matiere ; et M. *Restaut* en a profité, quoiqu'il n'ait pas voulu toucher à la *Prosodie,* lui qui a si bien pénétré dans les vrais prin-cipes de notre langue. Je me borne donc à ces trois articles, *l'Accent prosodique, l'Accent imprimé,* et la *Quantité.*

I.   De l'Accent prosodique.

L'ACCENT PROSODIQUE n'a aucune marque pour les yeux, ni en latin, ni en françois, ni en anglois ; mais on le fait sentir dans la prononciation des mots, ou par une certaine *vibration* de voix qui rend la syllabe plus rapide, ou par un certain *appui* qui la rend plus longue : cette espece de vibration, les Grecs l'ont nommée ἄρσις, élévation, et les Latins, *ictus,* le coup ;

---

[1] L'abbé d'Olivet, *Traité de la Prosodie françoise,* à Paris, 1736. On l'a imprimée à *Amsterdam* en 1749 ; et pour assortir les matieres on y a joint cette *Dissertation,* sans consulter l'Auteur, et sans lui en faire parvenir un seul exemplaire.

comme leur δε et leur τε, par exemple, deviennent
longues en poésie, si le mot qui suit commence par une
double consonne? C'est qu'alors cette syllabe simple,
ou foible, ou obscure, comme il vous plaira de la qua-
lifier, se fortifie de la consonne double qui suit et en
reçoit le coup. A l'ouverture de votre Homere vous en
trouverez divers exemples. Les poëtes latins ne se sont
pas donné tant de carriere : cependant ils ont senti
l'effet de la double consonne. Voyez *Virgile* dès sa troisieme églogue :

An mihi, cantándo victus, non rédderet ille,
Quem mea carmínibus meruísset fístula, cāprum?

Vous voyez que l'*a* de *cāprum* est long à cause des deux
consonnes : mais ôtez une des consonnes de ce mot,
et mettez-le au nominatif ; la même syllabe deviendra
courte, parce qu'il n'y a plus de double consonne :

Si nescis, meus illĕ căper fuit.

A. « Les Romains avoient donc leur Prosodie comme
» nous avons la nôtre ? »

B. D'autant plus sévere, qu'elle faisoit une des
beautés de leur versification. *Horace* y est exprès dans
son Art Poétique :

Si modo ego et vos scimus inurbáno lépidum secérnere dicto.

Voilà pour l'*esprit*, et voici pour l'*oreille* :

Legitimúmque sonum digitis callémus et aure.

Où vous voyez qu'en plaidant la cause de l'*ouie*, il l'a
lui-même si bien flattée.

La prose même devoit avoir la sienne : Cicéron ne
l'oublie pas dans son premier dialogue de l'*Orateur*, il
en fait une partie de la Grammaire : *In Grammáticá*,
dit-il, *Poëtárum pertractátio, verborum interpretátio,
pronuntiándi quidam sonus.* Vossius le pere prend de
là occasion de se plaindre de notre négligence ou plutôt
de notre barbarie dans la prononciation du latin. *Neque
enim nunc Syllabas breves longásque sono discér-
nimus ; neque diphthóngos quosdam áliter efférimus,
quam si nudae forent vocáles ; quin adulterínum*

14

A. « Je vous entends : mais si nos monosyllabes
» croissent d'un *e* muet, comme dans *banque, plante,*
» *bloque, Lucques, mienne, matte, nette, sotte,*
» *trotte ?* »

B. En ce cas le mot s'alonge d'une espece de demi-
syllabe : mais le coup reste toujours sur la premiere ;
parce que la seconde n'en est pas susceptible, et que
d'ailleurs c'est une regle générale, *Que dans touts les*
mots qui finissent par un e féminin, la voix se dédom-
mage sur la syllabe précédente, qui peut être formée
d'un *a*, ou d'un *é* fermé, ou d'un *i*, ou d'un *o*, ou
d'un *u*, ou d'une diphthongue, quelle qu'elle soit,
mais qui ne sauroit être un *e* féminin; parce qu'alors il
y en auroit deux de suite, ce qui feroit une espece
d'*hiatus*, aussi désagréable que difficile à nos organes.
Et voilà pourquoi nous mettons un accent sur touts les
e qui en précedent un autre, ou quelqu'autre voyelle
que ce soit. Ainsi nous écrivons et nous prononçons,
océan, créance, néréide, Néoptoleme, néophyte,
créole, Créuse, et surtout dans les finales qui demandent le plus d'appui, comme *aimée, née, fée, Rhée;*
ce qui est si véritable, que nous mettons un accent,
même sur notre *e* muet, lorsqu'il est suivi d'un *je,*
comme dans *parlé-je ? dussé-je ?* et quelques autres,
pour éviter la cacophonie des deux *e* féminins contigus.

Pour revenir à nos monosyllabes alongés d'un *e* muet,
comme *rade, rêve, ride, roue, rude,* et une infinité
d'autres, le coup ou l'appui ne sauroit tomber que sur
la syllabe entiere, soit qu'elle soit longue, ou breve,
ou moyenne; il n'importe : il faut que le plus fort se
charge, pour ainsi dire, du point d'appui. Ainsi, qu'il
s'agisse de *jeune*, júvenis, qui est bref, ou de *jeûne*,
inédia, qui est long ; de *tâche*, pensum, qui est long, ou
de *tache*, mácula, qui est bref; de *hotte*, sporta, qui
est bref, ou de *haute*, alta, qui est long; de *goutte*,
gutta, qui est bref, ou de *goûte*, gusta à l'impératif,
qui est long : il y a toujours un coup, ou un appui,
plus ou moins fort, plus ou moins long. Avez-vous
quelqu'autre difficulté sur nos monosyllabes?

A. « Non : et je comprends que si nous n'avions en

» françois que de ces sortes de mots, notre prouoncia-
» tion auroit peu de difficultés. »

B. Les mots de deux syllabes sont de trois sortes par
rapport à notre sujet. Ou ils *commencent*, ou ils *finis-*
sent par le coup, ou ils le reçoivent dans *chaque* syllabe :
Non datur quartum. Ils commencent par le coup,
lorsque la premiere est plus forte que la seconde, c'est-
à-dire, qu'elle porte sur deux consonnes qui se suivent,
comme dans *bailli, bandeau, barbier, bateau, ballot,*
barbot, carré, cardé, cardon, dardé, danser,
durcir, fardeau, fallot, Margot, monceau, morceau,
moequé [1], *marqué, trotter, frotter, froncer,* et généralement dans touts les mots armés de deux consonnes,
dont la premiere termine la premiere syllabe, et la seconde commence l'autre. Cette regle est commune à
toutes les langues, parce que la nature nous y mene et
que la double consonne l'exige. C'est aussi une des
grandes beautés de la poésie grecque, comme on peut le
voir dans Homere, et un des principaux agréments de
la nôtre. C'est par-là que Racine et Despréaux commen-
cerent à donner à notre langue ce ton plein et harmonieux, qui n'est pas autrement fort commun à notre
poésie. Je suis charmé, par exemple, de ce commencement de *Bérénice* :

> Arrêtons un moment ; la pompe de ces lieux,
> Je le vois bien, Arsace, est nouvelle à tes yeux.

Mais si la premiere syllabe se termine par une voyelle,
la seconde comme finale reçoit le coup, surtout si elle
se trouve armée d'une consonne finale. Ainsi dans
agent, amant, avant, Emér, Emir, émail, onyx,
garant, manant, Lahors, Cahors, Damin, faquin,
jaquin, rival, rural, le coup tombe sur la seconde,
parce que notre esprit, qui dirige nos organes, ayant
devant soi deux syllabes à franchir, réserve l'effort de
la voix pour celle qui en demande le plus, parce qu'elle
a plus de quantité.

A plus forte raison, si la premiere n'a pour voyelle
qu'un *e* féminin : auquel cas la derniere, qui ne peut

---

1 On écrit aujourd'hui *moqué* ; ainsi cet exemple est nul.

être que masculine, et par conséquent plus forte, doit naturellement se charger du coup ou de l'appui. C'est ce qu'on peut essayer dans les mots suivants „ que j'allegue pour exemples entre mille, *bedéau*, *géméau*, *leváin*, *leviér*, *refréin*, *rebórd*, *retóur*, *Nemóurs*, *dedáns*, *demáin*, *dehors*, où le coup ne peut tomber que sur la syllabe la plus mâle et la plus pleine, c'est-à-dire sur la derniere.

Et supposé même que la premiere eût un *é* fermé, il n'auroit pas pour cela droit à la préférence, à moins que la seconde ne fût un *e* muet; ce qui est contre la supposition. Hors de là, toute autre syllabe masculine lui disputera le coup, comme dans *Gérard*, par exemple, *Léon*, *néant*, *Félix*, *Féron*, *Féret*, *Pécour*, *fléaux*, *préaux*, et une infinité d'autres. Ce qui vous montre, pour le dire en passant, que l'accent prosodique n'est pas proprement l'accent imprimé. Un autre en a fait la remarque avant moi : mais à présent vous en voyez la démonstration ; car dans touts les mots que je viens d'énoncer, l'accent imprimé se trouve sur la premiere syllabe et doit s'y faire sentir, mais l'accent prosodique est sur la seconde, qui, comme finale, demande plus d'appui, quoique je ne l'aie pas marqué.

A. « Mais ne peut-il pas arriver que les deux syllabes » d'un mot se trouvent, ou les mêmes, ou si sembla- » bles dans leur teneur, qu'il ne soit pas possible d'y » mettre de la différence, comme, par exemple, dans » *Méré*, *géré*, *lésé*, etc. »

B. Je vous loue de votre attention. En ce cas-là, il faut rendre à chacun ce qui lui appartient, et se partager également entre les deux syllabes, puisqu'aussi bien nous en sommes avertis par l'égalité des lettres, et par l'uniformité de l'accent. Ainsi il n'y aura point de mal de peser également sur l'une et sur l'autre, surtout dans le discours ordinaire. Car il faut avouer que dans une prose soutenue, et dans les vers principalement, il faut donner quelque chose à la finale. Mais si les accents varient, ce n'est plus la même chose, comme dans les participes *géné*, *fêté*, *péché*, piscátus, où

réserve, déterre, réale, Zéphyre, médire, etc. où vous voyez l'accent aigu sur la premiere, et aussi le prosodique sur la seconde, que j'ai marqué exprès.

Avouons pourtant qu'il y a certains mots où la premiere syllabe est si forte par le concours des consonnes, qu'elle le dispute à la seconde, et souvent l'emporte, surtout si la seconde est moins armée de consonnes : comme dans *Persée, Pompée, Poppée, Barlée, gonflée, soufflée, bandée, dardée, barbée, fardée, gercée, lancée, tournée, fournée, versée, frappée, flanquée, tronquée, empire, respire, transpire.* Dans touts ces mots l'accent prosodique est sur la premiere, parce que la double consonne qu'elle rencontre, nous oblige à un plus grand effort de voix, ce qui n'arrive point si la consonne est simple, ou ne se prononce que simplement, comme dans *volée, ramée, vallée, flattée, vanille, troquée,* et où par conséquent la pénultieme reprend ses droits, principalement en poésie. *Empire,* par exemple, et *réspire,* ont certainement le coup sur la premiere : mais à la fin d'un vers, l'appui tombe sur la seconde, qui demande un certain repos, relatif au *spondée* des Latins, comme dans ces vers :

Alexandre Sévere après lui tint l'empire :
Sous son gouvernement l'état enfin respire.

Car comme les vers graves, et surtout les *alexandrins* doivent être soutenus, et que la voyelle *i* n'est pas des plus pleines; on y supplée par l'appui de la voix. A tout prendre, ces sórtes de vers, où la premiere des finales est forte par elle-même, et la seconde par le lieu qu'elle occupe, peuvent nous rappeler les *spondées* des Latins, et font un très-bon effet dans notre poésie; pourvu, prenez-y garde, que les sons n'en soient pas uniformes et que la rime ne soit pas trop riche. Car *empire,* par exemple, nom substantif, et *empire,* verbe neutre, ne feroient pas, à mon gré, une excellente rime, quoique *Marot* en eût fait cas; la raison en est que la variété est l'ame de la poésie : mais *empire* et *respire* riment fort bien à cause des deux premieres syllabes qui y constrastent agréablement, sans préjudice de la finale; ce qui soit dit en passant.

Ou celles-ci :

> De mes sonnets flatteurs lasser tout l'univers,
> Et vendre au plus offrant mon encens et mes vers.

Et de ces deux pluriels :

> Si vous êtes sorti de ces héros fameux,
> Montrez-nous cette ardeur qu'on vit briller en eux.

Ces finales sont longues, quoique masculines, plus belles que les masculines simples, *cæteris paribus* : et elles diffèrent peu à mon sens des féminines ; à moins que celles-ci ne l'emportent encore sur les féminines simples, par cette même lettre qui fait leur pluriel et qui les rend encore plus longues, comme dans la satire contre l'*équivoque* :

> Fit en plus d'un pays aux villes désolées
> Sous l'herbe en vain chercher leurs églises brûlées.

Car *désolée* est long ; mais *désolées* est encore plus long ; ce qu'il faut bien observer, si vous avez dessein de vous former l'oreille et de parler un jour en public. Tout cela étant bien compris, venons maintenant à nos trissyllabes.

On ne sauroit se dispenser de leur accorder quelque accent au moins pour la finale, quand ce seroit dans les plus doux, ou les plus simples de nos mots. Qu'ils finissent par une consonne, ou par une voyelle, substantif, adjectif, ou participe, toujours il faut quelque chose qui marque, quoique sans affectation. Ainsi nous prononçons *cabarét, tabourét, fenouillét, amené, promené, ramené*. Où vous voyez que notre accent imprimé est venu au secours de l'accent prosodique ; car nos peres n'y mettoient rien, et les prononçoient pourtant comme nous. Ils écrivoient encore sous Louis XII. et François I, *donne* pour *donné*, et *donnee* pour *donnée*, comme on le voit dans nos vieilles éditions. Cela a duré jusqu'au chancelier du Vair, sous Louis XIII, tant on y étoit accoutumé. Voyez ses *Opuscules stoïques*. A peine y a-t-il deux cents ans, qu'on crut, et avec raison sans doute, qu'il falloit distinguer pour les yeux sur le papier, ce qu'on distinguoit pour l'oreille dans la prononciation. Ainsi notre é final masculin n'a reçu par

15

Agincourt, aguérri, aváncé, agéncé, ajoúrné, enfóncé, déménti, désémpli, accómpli, efflánqué, effrónté, épérdu, repérdu, écárté, échápé, éclípsé, où il est aisé de sentir que ce n'est que la force des consonnes qui attire le coup sur la seconde. Car si la premiere est plus pleine, ou plus robuste, elle a toujours, *caeteris paribus*, le premier droit à l'accent prosodique. Ainsi nous prononçons 'A*bráham*, 'A*bsalon*, 'A*doam*, 'A*lidor*, 'A*licant*, 'A*lcoran*, 'A*rtaban*, *cádogan* (quoiqu'il y ait des Anglois qui prononcent *cadógan*) *Malboroug, Scárboroug, Pómpadour, énvoyé, éngagé, éncagé, énfumé, foúragé, foúrgonné, tránslaté, tránsigé, Bálaam, Bálaguier, báratier, cábaret, tábouret, sánsonnet*; où vous voyez que dans plusieurs de ces exemples la premiere syllabe n'a d'autre avantage sur la seconde que d'exiger le *premier* effort, à peu près comme à l'égard d'un premier fossé qu'il faut franchir par un saut, sans préjudice d'un second, où l'effort n'est plus si sensible, d'autant plus que la nature ne multiplie pas les êtres sans nécessité.

A. « Mais si le mot est de trois syllabes et demie, » c'est-à-dire, qu'il soit augmenté d'un *e* féminin, » comme dans *Allemande, Rosemonde, Rossinante*, » ou dans les participes, *avancée, agencée, approuvée*, etc. que faut-il faire? »

B. L'inflexion du féminin ne change point essentiellement la Prosodie; le coup ou l'appui reste toujours sur la troisieme, sans préjudice des précédentes. Et pour ce qui est des deux premieres, les principes ci-dessus vous dirigent suffisamment. Dans *Allemande*, par exemple, vous jugez bien que des deux premieres, *Al* et *le*, c'est la premiere qui exige le plus d'effort, et comme premiere et comme plus forte; et que la seconde n'est qu'un *e* féminin presque imperceptible. Il n'en est pas de même d'*Amaranthe*, où les deux premieres sont à peu près égales, si ce n'est que l'une qui commence le mot, a plus de droit que l'autre à recevoir le coup. Mais la vérité est que la voix se réserve pour la troisieme, qui, outre qu'elle a une consonne de plus, est la pénultieme, dont je vous ai souvent répété les

pression, plus débarrassée, et plus en état par conséquent de se passer de la *rime*, dont la nôtre est si
enchaînée, que nous ne saurions nous en affranchir,
sans retomber dans la prose. Au lieu que les Anglois,
en ayant secoué le joug, à la faveur de leurs avantages,
ont plus approché que nous, à cet égard, de la liberté
grecque et *romaine*. Je vous dis ma pensée sans pré-
vention.

Pour revenir à leurs *Dactyles*, avez-vous pris garde
qu'ils placent ordinairement le coup sur la premiere
syllabe, lors même qu'il ne s'agit d'aucun effort con-
sonnal ? Ainsi ils prononcent *hérétic*, *chàritable*,
governable, *próvidence*. Vous voyez que leur Prosodie est assez différente de la nôtre, puisqu'elle en viole
les premieres regles; et voilà pourquoi je vous ai averti
d'être sur vos gardes, quand vous tomberez sur certains mots qu'ils ne prononcent pas comme nous : car
ils dactylisent *Constantine*, *sérpentine*, *tórpentine*,
Nórmandy, etc. ce qui fait que bien souvent, quoique
nous prononcions les mêmes mots, nous ne nous entendons pas les uns les autres.

Voilà en général ce que je pense sur l'*Accent prosodique*, fondé, comme vous voyez, sur la nature de
nos organes par rapport à la variété des sons, et au plus
ou moins d'effort que demandent nos syllabes fortes ou
foibles. Ce peu de principes vous meneront loin pour
toutes sortes de mots. Je vous ai ennuyé, je le sais
bien; mais enfin vous l'avez voulu.

A. « Ennuyez-moi toujours de même, et ne m'épar-
» gnez pas, je vous prie, ni sur l'*Accent imprimé*, ni
» sur la *Quantité prosodique*. »

II.   *De l'Accent imprimé.*

B. Les *Accents* n'ont été inventés et ensuite mis en
usage, que pour faciliter la Prosodie, ou aux enfants,
ou aux étrangers. Nos plus anciens monuments, tant
hébreux que grecs et latins, n'en ont point[1]. L'ins-

---

1 *Nótulae istae accéntuum in priscis libris rarae, imò in magis priscis
nullae. Nec id in latínis solùm, sed et in graecis. Miráris !..... Vagáre*

loué, *flatté*, et plusieurs de nos substantifs, *thé*, *café*, *poiré*, *bonté*, *santé*, *piété*, etc.

Le *Grave*, sur les è ouverts, parce qu'ils demandent une ouverture de bouche un peu plus grande, comme dans *après*, *succès*, *procès*, *abcès*, *décès*, etc.

Et enfin le *Circonflexe*, que nous n'avons admis que pour distinguer certains mots, ou pour alonger la prononciation au défaut de l's employée par nos peres dans *Pasques*, *tasche*, *lasche*, *teste*, *feste*, *tempeste*, *closture*, *giste*, *fluste*; mais que nous avons supprimée par complaisance pour les étrangers et aussi pour nos enfants, à condition d'y conserver la quantité prosodique par un accent, qui y produit le même effet, sans induction à erreur. Ainsi nous écrivons assez généralement aujourd'hui, *Pâque*, *tâche*, *lâche*, *tête*, *fête*, *tempête*, *gîte*, *flûte*, et autres semblables : ce qui est d'un secours infini pour toutes sortes de personnes et surtout pour les étrangers; car enfin la *peine* n'est rien par elle-même, et le *temps* est quelque chose de précieux. Pourquoi dans certaines *grammaires* [1], ces longues listes de mots où l's se prononce, et ensuite de ceux où elle ne se prononce point? Faudra-t-il qu'un pauvre provincial, ou un étranger d'ingrate mémoire, passent une partie de leur jeunesse à apprendre par cœur toutes ces différences, qui ne sauroient être qu'ennuyeuses à la mort? Ne vaut-il pas mieux les délivrer une bonne fois de cet embarras, en supprimant l's dans touts les mots où elle est parfaitement inutile, pour la laisser seulement où elle est d'une absolue nécessité?

A. « Pourquoi donc, en déclinant vos *Noms* et en » conjuguant vos *Verbes*, laissez-vous des *s* qui ne se » prononcent point? »

B. Il y a bien de la différence : l's dans les noms est la marque du pluriel, et souvent elle se prononce; et dans la conjugaison des verbes elle est caractéristique de la seconde personne. Ainsi, quand je conjugue, j'*aime*, tu *aimes*, il *aime*, l's montre à l'enfant et à l'étranger

---

[1] Celle de notre *Boyer*, par exemple.

point d'accent; si j'y en ai mis, ce n'est qu'un signe de
ma façon pour vous faire entendre ma pensée. Dans
infini, encore, Indien, indolent, et généralement dans
touts nos dactyles, nulle trace d'accent, comme vous
voyez; cependant, selon la Prosodie, le coup tombe
sur la premiere, sous peine de se rendre ridicule autrement. Dans *modeste, moderne, terrestre,* nulle appa-
rence d'accent : cependant l'oreille veut que le coup
tombe sur la seconde, qui est la plus consonnale; et
tout lecteur qui le feroit tomber sur la premiere, ne
sauroit se justifier d'*Anglicisme.* Ainsi la Prosodie n'est
pas l'accent imprimé, mais voici le fait : c'est que notre *e*
ayant été reconnu à la longue avoir quatre sons assez
différents, *de, dé, dè, dé,* on a jugé à propos de les
distinguer dans l'écriture, comme on les distingue dans
la prononciation; et comme l'accent aigu sur nos *é* fer-
més, produit à peu près le même effet que le coup de
la Prosodie, on a confondu souvent ces deux choses.
D'autant plus que nous avons quantité de mots, et
entre autres, plusieurs *Dactyles,* où l'accent et la Prosodie coïncident naturellement sur la premiere, comme
*émeril, écureuil, étalon, éperon, épuré, effaré,
écuré, raturé, énlevé, élevé;* mais ce n'est que par
accident, et l'on pourroit même se dispenser d'y mettre
un aigu, comme on s'en dispense dans les capitales,
Etat, Eté, aestas, *Erasme, Élie, Etoile,* par la raison
qu'on ne sauroit les prononcer autrement sans faire
violence à nos organes; et voilà pourquoi nous pouvons et nous devons même l'omettre par-tout où ce
premier *e* est suivi d'une *x,* comme dans *exempt, exil,
exilé, exclus, exemple,* et autres semblables [1]. Nous
avons encore d'autres dactyles, où cet *é* se trouve, mais
précédé d'une consonne, comme *détaché, dérobé, dé-
rogé, décoché,* où l'accent est plus nécessaire, je
l'avoue, mais ce n'est pas en faveur de la Prosodie que
nous l'y mettons; car sur ce pied-là il faudroit le mettre

---

1 [M. Durand auroit pu dire que la raison en est, que l'*x* représente deux consonnes, et que jamais on ne met d'accent sur l'e suivi de
deux consonnes.]

16

bilité. Les poëtes ont beau amener *Jupiter* sur la scene, et lui faire dire avec emphase ;

Impérium sine fine dedi...

des nations aguerries et irritées ne respectent guere ces sortes d'oracles. L'empire romain, qui s'est vu autrefois n'avoir pour bornes que l'Océan, le Danube et l'Euphrate, est réduit maintenant à une espece d'évéché, où l'on a perdu jusqu'à la véritable prononciation d'une langue, que les femmes du temps de Cicéron y prononçoient avec tant d'urbanité. Et pour ce qui est des *Grecs*, qui ont tant brillé, en leur temps, par le talent de la parole, et par celui de l'oreille ; vous savez ce qui leur est arrivé. Après avoir été subjugués par les Romains, ils ont perdu peu à peu la vraie prononciation de l'ancien grec, et depuis quelques siecles qu'ils sont devenus tout à fait esclaves, ils en ont fait un jargon à faire pitié.

A. « Comment ! n'ont-ils pas comme nous leurs livres » grecs, bien moulés et bien accentués ? Ne trouve-t-on » pas dans leurs bibliotheques, comme dans les nôtres, » des MSS. où il ne manque ni le moindre *esprit*, ni » le moindre *accent* ? »

B. J'en conviens ; mais si dans la prononciation vous les suivez, ces misérables accents, vous estropiez la plupart des mots. On ne voit point d'accent sur les plus anciens MSS. que nous ayions. On n'en voit point dans nos médailles les plus antiques : on n'en voit pas même sur les monuments qui nous restent du VIIe siecle. C'est une preuve que c'est une invention du moyen-âge, *médii aevi*, lorsque la véritable prononciation étoit déjà fort altérée, si elle n'étoit pas tout à fait perdue. Ce qu'il y a de certain, c'est que la Prosodie de ces accents trouble et dérange tout à fait la plus belle poésie grecque, de quelque espece qu'elle soit. Prenez un *Homere*, par exemple, et lisez-en trois ou quatre vers conformément à ces tristes accents, si vous avez tant soit peu d'oreille, vous n'y pourrez pas tenir. J'en dis autant de leurs autres poëtes et d'*Aristophane* en particulier. On ne sauroit le lire avec ces accents ; il y a plus, de deux siecles que son premier commentateur [1] s'en est plaint. *Deínde certum est,* dit-il, *Atticos com-múnem accéntuum formam* F<small>ASTIDÍRE</small>. Mais ôtez-les, ces malheureux accents, et scandez l'*Iliade,* comme vous faites l'*Eneïde,* et vous serez tout surpris d'y voir renaître l'harmonie. S'il en faut croire les deux *Bentley,* l'oncle et le neveu, qui avoient tant de goût et tant d'oreille, ces insipides accents ont déguisé jusqu'à *Démosthene,* et nos plus grands auteurs. Il n'y a pas même jusqu'aux *Apôtres,* qui n'aient sujet de s'en plaindre, puisque quantité de leurs expressions, dont la Prosodie est déterminée par l'autorité de Sophocle et d'Aristophane, se trouvent affoiblies et énervées par ces téméraires accents. Après cela fiez-vous à des Gram-mairiens du bas empire, qui s'avisent de fixer la pro-nonciation dix ou douze siecles après qu'elle a fleuri. Il faut régler ces sortes de choses dans le bon temps, et ce temps pour les Grecs étoit le siecle d'*Alexandre;* pour les Romains, celui d'*Auguste;* pour la France, celui de *Louis XIV;* et pour l'Angleterre, le regne d'à présent, qui l'emporte évidemment sur touts les autres, par la multitude d'expressions naturelles ou empruntées qu'elle a acquises, et qui ont toutes leur vraie Prosodie dans un *Dictionnaire* accentué.

    A. « Mais d'où vient, je vous prie, que sans le

---

1 *Charles Girard de Bourges,* dans son commentaire sur le *Plutus* d'Aristophane : *Aristopháuis poétae cómici Plutus ţ jam nunc et latínus factus et commentáriis insuper sanè quam utilíssum. recens illustrátus,* in-4°. Parisiis, apud Weckel, 1549. Le livre est assez singulier en son genre ; il est dédié à la reine *Jeanne de Navarre,* fille de *Marguerite de Valois* et mere d'*Henry IV.* Dans la dédicace, qui est jolie, il la loue de son amour pour les *lettres,* pour le *latin,* et surtout pour le *grec.* Depuis que j'ai écrit ceci, en ouvrant la nouvelle édition d'*Aeschile;* j'ai trouvé dans la préface les paroles suivantes : *Graecis in istis notis meis, accéntus non sunt adpícti : álii illis utántur, per me licet; ego a frívolis et inéptis semper adhórrui.* J<small>OAN</small>. C<small>ORN</small>. D<small>E</small> P<small>AUW</small>. *in praef. ad Aeschilum.* Jensius, savant de Dordrecht, a fait le même aveu dans ses *Suppléments* sur *Hésychius.* Il ne met aucun accent sur les vers d'Homere, de peur de les rendre barbares. Voilà pour moi trois apologistes respectables, outre *Lipsius* et les deux *Bentley.* L'auteur de la nouvelle *Encyclopédie* suppose néanmoins que du temps d'*Isocrate* pour le grec, et du temps de Cicéron pour le latin, on avoit à Athenes et à Rome, chez les rhéteurs grammai-riens, une maniere de ponctuer très-lumineuse pour les jeunes orateurs. Cela peut être, mais ne prouve rien pour les accents d'aujourd'hui.

» secours des accents nous avons aujourd'hui la vraie
» Prosodie des Romains, et qu'avec des accents admis
» depuis tant de siecles, nous n'avons plus celle des
» *Grecs?* »

B. Par la raison que les *Romains* se sont contentés
de l'harmonie de leur versification; au lieu que les *Grecs*
du moyen-âge, répandus qu'ils étoient dans les provinces de l'empire, se sont vus dans la triste nécessité
d'y gagner leur vie, en enseignant leur langue à des
étrangers, et pour la leur rendre plus accessible, d'avoir
recours à ces infidelles accents, dans un temps où ils
en avoient déjà perdu en grande partie le véritable
usage, au lieu de le chercher dans les anciens poëtes,
qu'ils avoient encore en bon nombre, et qui nous ser-
vent à présent pour nous diriger dans *l'admission* des
véritables accents, comme aussi dans la *rejection* des
mauvais; car il faut convenir de bonne foi qu'il y en a
de l'une et de l'autre sorte : la *Nature* même nous indique les plus forts; et les poésies d'*Homere*, de *Sophocle*, d'*Euripide* et d'*Aristophane* ne nous laissent
point ignorer les plus difficiles.

A. « Je vous entends; vous conjecturez que dans
» quelques siecles, des Grammairiens *barbares*, n'ayant
» d'autre guide que la prononciation de leur temps, pour-
» roient bien nous donner, comme certaine, une Pro-
» sodie aussi absurde de la langue françoise, que celle
» qui nous reste aujourd'hui des Grecs, et qui a passé
» des **MSS.** jusques dans nos imprimés; et voilà pour-
» quoi vous ne rejetez pas absolument l'idée qui m'est
» venue dans l'esprit, de la nécessité de *fixer* la nôtre
» dès-à-présent, de peur de pis. »

B. La chose est d'autant plus facile que nous sommes
encore dans le bon temps, que l'Académie françoise
est dans son lustre, qu'elle a des membres très-éclairés,
et pleins de zele pour la correction et pour la noblesse
de leur langue. Et il ne faut pas m'objecter, que comme
les bons poëtes du siecle d'*Auguste* nous ont conservé
la vraie Prosodie des Latins, les poésies immortelles du
siecle de *Louis-le-Grand* nous conserveront aussi, dans
touts les âges, la vraie Prosodie françoise : le raisonne-

ment seroit bon, si les vers latins et les vers françois avoient entre eux le même rapport, qu'ont effectivement les vers latins avec les vers grecs. Les nôtres sont composés d'un certain nombre de syllabes que l'on compte, mais que l'on ne pese pas; au lieu que ceux des Grecs et des Latins consistent en un certain nombre de pieds touts différents, dont on pese les syllabes plutôt qu'on ne les compte : ce qui est proprement le fond et l'essence de leur versification; en sorte que tout homme de lettres, passablement instruit de leur Prosodie, peut scander leurs différents vers : mais en françois vous m'excuserez, vous compterez les syllabes; mais dès qu'ils sera question de les peser et de les accentuer à la rigueur, je doute qu'il y ait beaucoup d'étrangers et même de provinciaux qui y réussissent. Si la chose étoit si facile, vous qui aimez notre langue et qui l'entendez si bien, vous ne m'auriez pas fait tant de questions sur l'article de la Prosodie.

A. « Je me félicite de vous avoir jeté dans cette » digression. Mais ayez la bonté de m'expliquer encore » plus nettement ce que vous appelez *compter* et *peser* » en fait de poésie. »

B. Rien au monde de plus aisé. Si je vous remets entre les mains la valeur de six livres sterling, en quelques especes que ce soit, je puis nommer cela une valeur *pesée*, *fixe* et *réglée*; mais si au lieu de cette valeur, je me contente de vous remettre entre les mains *six* pieces d'or sans faire attention à leur poids, c'est ce que j'appelle *compter*; or, il peut arriver que ces pieces-là, quoiqu'au nombre de six, se trouveront fort au dessous de la valeur précédente de six livres sterling. Voilà une image de la poésie ancienne comparée avec la nôtre. La poésie latine, que je ne distingue pas ici de la grecque, est une valeur fixe, réguliere, uniforme, toujours la même. Prenons, par exemple, les vers *Hexametres*. Ils contiennent la valeur de six *spondées*. Le dernier en est un de commande; le précédent un *dactyle*, qui, étant composé d'une longue et de deux breves, est de même valeur, et les quatre premiers peuvent être indistinctement ou spondées ou dactyles; ce qui, pour le dire en passant, est une source de *combinaisons* différentes, et par conséquent de *variété* et de *beauté* presque infinie : mais enfin la valeur intrinseque y est toujours ; c'est ce que j'appelle *peser*. En françois, votre serviteur : on vous promet six pieds, je l'avoue, et en un sens on vous les donne; vous n'avez qu'à les compter, le nombre y est ; mais le poids n'y est pas, et par conséquent la valeur y manque. Si vous y mettez un *dactyle*, par exemple, vous le faites valoir trois syllabes, c'est-à-dire, un pied et demi. Un *iambe*, qui ne vaut qu'une breve et une longue, vous l'y faites valoir un spondée; touts nos articles féminins et masculins *le*, *ce*, *de*, *ne*, *se*, *la*, *ma*, *sa*, *ta*, y valent chacun une longue, c'est-à-dire, la moitié d'un spondée : ainsi nulle valeur complete, réguliere, uniforme ; le plus beau vers a toujours quelque endroit foible, et le second bien souvent trahit le premier : je ne dis rien de la *Rime* [1], de peur de vous rappeler le *Fastidire* du com-

---

1 La *Rime* chez les nations savantes a toujours passé pour une affectation désagréable. Les Grecs qui avoient tant d'oreille nommoient ce vice du discours ομοιοτελευτον, *la consonnance des finales*. *Servius* remarque que Virgile l'a constamment évitée; et nous le voyons bien, car jamais poëte n'a plus varié ses terminaisons. Il a même, dans ce dessein, varié les *genres* : car tantôt il dit, *quem das finem*, *rex magne*, *labórum* ; et tantôt, *haec finis Priami fatórum*. Pourquoi cela? Pour éviter la consonnance : car s'il avoit dit, *quam das.....* cette double ouverture de bouche, dans *Vénus*, auroit disgracié toute sa harangue; et s'il avoit dit, *hìc finis Priami*, voilà cinq *i* tout de suite. Sur ce principe M. Cuningham vouloit qu'on lût dans la premiere églogue:

Hìc córylos inter densas modo namque geméllos;

au lieu que si vous lisez,

Hìc inter densas coryLos *modo namque* gemélLos,

il en naît une rime des plus marquées et des plus vicieuses.

[Oui, mais le choc de *Hìc co* seroit bien rude.]

Nous autres françois nous suivons le même principe dans notre prose ; M. Bayle, dans la préface de son *Dictionnaire critique*, nous avertit qu'il a pris grand soin d'éviter les rimes. Mais dans la poésie nous remettons la *Rime* sur le trône, sans elle point de salut : nous imitons les vers *léonins* des siecles barbares; et nous prétendons même que la *Rime* est fondée dans la nature, parce qu'on en trouve quelques traces dans les chansons des Lappons. Sur ce pied-là les vers *léonins*, au moins pour l'oreille, seroient plus agréables que ceux de Virgile; et les Dominicains d'Espagne auroient raison d'admirer comme un chef-d'œuvre cette satire contre leurs rivaux de gloire, *Vos estis*, *Deus est testis*, *tetérrima pestis*, *et vestri stómachi sunt ánphora Bacchi*, et le reste : quelle pitié !

mentateur d'Aristophane. Comment voulez-vous qu'un
étranger scande des vers qui n'ont aucun poids certain,
aucune régularité?

A. « Quelques *exemples* pourroient achever de me
» convaincre. »

B. Des exemples; il n'y a qu'à ouvrir le premier poëte
françois qui se présentera sous vos yeux : voici un
Boileau; je tombe sur la satire IX qui commence
ainsi :

> C'est à vous, mon esprit, à qui je veux parler,
> Vous avez des défauts que l'on ne peut celer.

A qui je, sont trois syllabes breves, qui ne sauroient
valoir un *dactyle,* ni un *spondée;* et cependant on
vous les donne pour un pied et demi, parce qu'on les
compte et qu'on ne les pese pas : où est l'évaluation?
Mais le second vers est encore plus foible, QUE NE
CE*ler* sont trois autres breves qui ne valent pas un pied
réel, et qu'on vous donne pourtant pour un pied et
demi. Mais ce qu'il y a de plus singulier dans cette
poésie, c'est que le dernier pied, au moins, devroit
soutenir le reste; car il est établi dans *Homere,* dans
Virgile et dans *Horace,* ajoutons même dans nos poëtes
françois presque généralement, que le dernier pied des
Alexandrins soit une espece de *spondée,* qui soutienne
la cadence : et à cet égard il faut rendre cette justice à
Boileau, qu'il a été assez attentif à nous donner des
vers bien remplis, comme il les nomme lui-même; et
cependant en voici un qui finit par un *iambe,* c'est-à-
dire, une courte et une longue, car *celer* est bref dans
la premiere, et la suivante n'est longue que comme
finale. Je ne dis pas que ce soit une faute dans le poëte,
il s'est servi d'une liberté que lui donnoit la poésie de
sa langue; *útere concéssis :* mais je suis fort trompé, si
ce n'est pas un défaut, ou du moins une imperfection
dans la poésie de son siecle.

Racine, de même dans *Bérénice,* act. 1, sc. 4.

> Enfin, après un siege aussi cruel que lent,

el quĕ lĕnt, qui finit le vers, fait un vrai *dactyle,* qui
ne vaut qu'un pied, et ici on vous le donne pour un

pied et demi, sans aucun spondée. A la bonne heure,
si c'étoit un pluriel, on y trouveroit quelque espece de
dédommagement. Encore une fois, je n'en veux point
à l'auteur, j'en veux uniquement à notre poésie. Dans
l'*Andromaque*, acte II, sc. 2 , je trouve deux *iambes*
qui tiennent la place de deux spondées :

Ou ne dois-je imputer qu'à votre seul dĕvoir
L'heureux empressement qui vous porte à mĕ voir ?

Je pourrois multiplier ces exemples à l'infini : mais cela
suffit pour vous indiquer les défauts de notre Parnasse ;
et pour vous prouver ce que j'ai avancé, que nos syllabes y sont comptées et nullement pesées. Quel est celui
de nos *accents* françois qui vous embarrasse le plus ?

A. « La grande difficulté qui me reste, ne regarde que
» l'*é* fermé. Le grave et le circonflexe ne tombant que
» sur la derniere, ou sur la pénultieme ; il est aisé de
» s'en apercevoir : et d'ailleurs on ne manque guere à le
» placer où il faut ; mais à l'égard de l'*e* féminin et du
» masculin, comme nos livres sont presque touts fautifs
» là-dessus, comment ferai-je, moi, qui n'ai point
» vécu à *Paris*, ni sur les bords de la *Loire*, pour les
» distinguer ? Je vois touts les jours d'habiles gents qui
» en disputent. Ne vous ai-je pas ouï dire à vous-même,
» que feu M. *la Touche*, votre illustre maître, quoique
» vous ne l'ayiez jamais vu, fut obligé d'écrire à Paris
» pour consulter des Académiciens sur quelques *e* diffi-
» ciles, qu'on prétendoit qu'il n'avoit pas bien ac-
» centués ? »

B. J'ai eu quelque temps entre les mains l'original de
cette consulte grammaticale, avec la réponse *e regione*
de MM. les abbés de *Dangeau* et *Tallement*, touts deux
de l'Académie : et j'ai eu soin d'en tirer un extrait pour
mon instruction particuliere, que je vous communi-
querai en temps et lieu. Le meilleur conseil que je puisse
vous donner, en attendant, sur cet article, c'est de vous
attacher aux auteurs qui ont veillé à la ponctuation et à
la correction de leurs ouvrages. Et entre ceux-là je ne
puis me dispenser de vous nommer ce même M. *la*
Touche, dont la science grammaticale n'a été contestée

17

de personne, et néanmoins c'étoit le moindre des attributs de ce vertueux exilé. Sa grammaire [1] s'est imprimée si souvent et répandue avec tant de succès., que le P. *Buffier* lui-même, tout habile qu'il étoit, n'a pu lui refuser de justes éloges. Je joins donc à M. *la Touche* son généreux *approbateur.* Ajoutez-y M. *Restaut,* qui vient de nous donner la sixieme édition de son exacte grammaire. Ne négligez pas non plus le Nouveau Testament de Berlin. Mais surtout n'oubliez pas l'excellent abbé d'*Olivet :* moquez-vous des railleries dont le caustique *des Fontaines* a prétendu abymer ses remarques sur Racine. Il s'agit ici des accents; or, dans toutes les productions de l'Académicien, qui ne sont pas en petit nombre, il n'y a pas un accent, à mon avis, qui soit marqué de travers. Ses *Philippiques* et ses *Catilinaires* de la derniere édition, entre autres, sont un bijou en ce genre, que vous ne devez pas vous refuser. Mais comme vous pourriez m'objecter que ces livres ne contiennent pas touts nos mots, en voici deux qui vous serviront de répertoire complet à cet égard. C'est *le Dictionnaire* de *Poitiers,* qui est portatif, et surtout celui de *Danet, françois-latin,* livre d'ailleurs si nécessaire, où vous trouverez la décision de touts les cas : puisqu'il renferme universellement touts nos termes bien accentués. Il est vrai que l'ayant composé pour le temps où il vivoit et pour les enfants, il n'a pas cru devoir supprimer les *s* inutiles; mais à chaque mot tant soit peu scabreux, il avertit de la vraie prononciation : ce qui suffit à vos besoins.

A. « Mais ne sauriez-vous me donner quelques regles » générales qui me dirigent sur ce sujet? »

B. 1° Je vous ai déjà dit que notre *é* est toujours masculin, lorsqu'il commence un mot, et forme une syllabe par lui-même; comme dans *Éon, ébéne, édenté, été, étui, étant, étude,* etc. Cette regle est sans exception.

---

1 *L'Art de bien parler en françois,* en deux tomes, cinquieme édition à Amsterdam.

2º J'ajoute présentement que le même *é* précédé d'une *h* aspirée ou non aspirée, a le même droit; parce que si l'*h* est aspirée, l'*e* muet ne sauroit lui convenir. Ainsi il faut prononcer *le héron, le héros, le héraut.* Et si elle ne l'est pas, on la doit compter pour rien, et suivre la premiere regle, comme dans *l'hégire, l'hémistiche, l'hémisphere, l'hébreu,* touts mots qui viennent du latin, où l'*h* n'est qu'*ad hónores.*

3º Toutes les fois que l'*é* finissant la syllabe est suivi d'une voyelle, il demande le même accent. Ainsi nous écrivons et nous prononçons *Océan, Européan* ou *Européen, crée, créé, Créuse :* nous en avons déjà averti.

4º Il est assez singulier que l'*e* précédé d'un *ch,* dans la même syllabe, est presque toujours féminin : *chemin, chemise, chenaie, chenet, cheneviere, cheville, chenon, chenu, cheval, chevalier, chevecier, chevelu, cheveu, cheville, chevreau, chevreuil :* quoiqu'il y ait des exceptions; car on prononce *chénil,* sans prononcer l'*l, chéri, chérif, chétif, chétron, chévre, chélidoine,* sorte de plante.

5º L'*e* est muet dans la syllabe *re,* lorsqu'elle marque réitération : comme dans *redire, refaire, refondre, recommencer;* et dans une infinité d'autres, lors même qu'il est suivi de deux *ss,* comme dans *ressembler, ressentir, resserrer,* et leurs dépendances. En quoi il faut remarquer qu'on ne double l'*s* dans ces mots là, que pour éviter le son du *z,* qui y feroit un mauvais effet. S'il y a des exceptions à cette cinquieme regle, c'est lorsque le mot primitif commence par une voyelle; auquel cas l'*e* muet dans *re* ne s'accommoderoit point avec nos organes. Ainsi, au lieu de dire *rééchauffer,* nous fondons les deux *e* en un, et nous disons *réchauffer;* et de même d'*écrier* nous faisons *récrier,* d'*écrire, récrire :* mais dans *édifier* nous réitérons l'*é* masculin par la troisieme regle; car le moyen de prononcer coulamment *re édifier ?* Nous disons donc *réédifier.* Par la même raison nous disons avec Henri IV, *nous serons aggravés et réaggravés. Tendre,* verbe actif, n'a point de voyelle au commencement : ainsi nous disons *retendre* sans aigu, et cela est dans l'ordre; mais dans *étendre* il y a un *é*, et voilà pourquoi dans son dérivé nous écrivons et nous prononçons *rétendre*. Il est vrai que dans *rehausser* nous omettons l'accent; mais c'est par la raison que les deux voyelles sont séparées par une *h* qui s'aspire, et que la diphthongue *'haus* est longue.

6° Quand le mot primitif vient du latin, ou n'est point d'usage dans le sens de son dérivé; la particule *ré* demande l'accent. Ainsi nous écrivons *récidive*, *récidiver*; *récoller*, *récollement*; *récriminer*, *récrimination*; *réduplicatif*, *réduplication*; *réfléchir*, *réflexion*; *réfraction*, *réfrangibilité*; *régénéré*, *régénération*; *réhabiliter*, *réhabilitation*, *réintégrer*; *réitérer*; *réparer*; *répercuter*; *répéter*, *répétiteur* et *répétition*; *résipiscence*, *résumer*, etc. L'habile *Restaut*, à qui sont dûes les deux remarques précédentes, avertit en passant d'une espece de bizarrerie qui s'est introduite par l'usage. *Recevoir* n'a point d'accent, et cependant on dit et on écrit *réception*; *retenir* de même, et cependant on prononce *rétention*; reléguer n'a point d'accent sur la premiere, et cependant il faut dire et écrire *rélégation*; *religion* encore n'est point accentué, mais il faut écrire et prononcer *irréligion* et *irréligieux*; enfin *refuge* n'a point d'accent, et cependant on prononce *réfugié*. La seule raison qu'on peut donner de cette espece de bizarrerie, c'est que les mots en s'alongeant obligent nos organes à s'appuyer quelque part.

7° Nous sommes plus raisonnables, lorsque nous employons l'accent pour distinguer les significations. *Aveuglement* est un nom substantif, on n'y met point d'accent; mais *aveuglément* est un adverbe, qu'il faut distinguer du nom : *pondre* et *repondre* sont des mots usités en parlant des poules, et n'ont point d'accent; mais *répondre* (*respondére*) en doit avoir un.

III. *De la Quantité.*

A. « J'entends; mais la *Quantité* qui a tant de rapport » à la Prosodie, comment la réglerons-nous? »

B. M. l'abbé d'Olivet a déjà traité cette matiere, et

parcouru avec beaucoup d'exactitude les différentes terminaisons de nos syllabes, en assignant à chacune ou la
longueur, ou la *brièveté*, ou l'*entre-deux* qui leur convient : vous n'attendez pas de moi que je vous transcrive
ici tout cela?

A. « Non ; mais comme sur la *Prosodie* vous m'avez
» communiqué des ouvertures qui me sont nouvelles,
» donnez-moi aussi sur la *Quantité* quelques idées gé-
» nérales, que je puisse retenir facilement. »

B. Les *Latins* et les *Grecs* ont partagé leurs syllabes
en *longues* et *breves*, selon le besoin qu'ils en avoient
dans leur poésie ; mais pour nous, qui ne pesons pas les
nôtres, nous pouvons les envisager sous une répartition
plus nombreuse.

Il me semble donc que nous avons quatre ou cinq
sortes de syllabes ; des syllabes *simples* et des syllabes
composées ; des syllabes *longues* et des syllabes *breves*,
et enfin des syllabes qu'on me permettra de nommer
brévissimes ; ce sont nos *e* féminins, lorsqu'ils terminent
le mot.

Je nomme ici prosodiquement une syllabe *simple*,
celle qui, par sa nature ou par sa construction, n'exige
aucun effort de voix : et telles sont toutes celles qui sont
terminées par la voyelle même qui en modifie le son,
sans accent grave ou circonflexe ; comme, par exemple,
ba, *bé*, *bi*, *bo*, *bu*, *ga*, *gué*, *gui*, *go*, *gu*, et autres
semblables, soit qu'elles commencent par une consonne,
ou par deux consonnes, ou par une simple voyelle,
comme *a-yant*, *a-yez*, *avoir*, *lavoir*, *rasoir*, *manoir*,
néant, *tirant*, *logeant*, *créant*, *préaux*, *prévient*,
prier, *trier*, *broyer* : je les nomme *simples* par la con-
truction ; parce que la voyelle unique qui les forme
dans plusieurs mots, ou la consonne, ou les deux consonnes qui les commencent, ne les rendent ni plus
longues, ni plus courtes. Ainsi je compte comme *simples*
toutes ces premieres syllabes qui n'exigent ni effort de
voix, ni appui sensible, comme *Ado*-am, *Ama*-leck,
Abimé-leck, *Ama*-ranthe, *Rava*-nel, *ana*-thême,
étudi-er, *péné*-trer, *ga*-rantir, *lou*-voyer, *gué*-rir, *gé*-
rer, *fa*-né, *tou*-ché, et une infinité d'autres semblables.

Pour revenir à notre sujet, toutes ces syllabes *fortes* reçoivent l'*accent prosodique* et sont censées *longues* chez les Grecs et les Romains; parce qu'on suppose, ce qui est très-naturel, que l'addition de la consonne qui les termine, leur donne plus de poids et par conséquent plus de quantité. Cependant en françois elles ne sauroient, à la rigueur, être qualifiées *longues;* parce que nos organes, ayant à surmonter l'opposition de leurs consonnes, imitent en quelque sorte le coursier généreux, qui franchit le fossé ou la barriere qu'on lui oppose, avec une impétuosité suffisante pour s'en tirer avec honneur. Ainsi nous prononçons *ărbre*, *mărbre*, *fărce*, *fŏrce*, *entŏrse*, *pŏmpe*, *trŏmpe*, *rŏmpe*, *lĕste*, *vĕste*, *modĕste*, *burlĕsque*, *schĭsme*, *prĭsme*, *mŏsquée*, *trŏc-quée* [1], *fŏndue*, *tŏndue*, *bĕlle*, *nouvĕlle*, *cervĕlle*, *haridĕlle*, avec une espece de rapidité qui réveille l'esprit et la voix. Mais il ne faut rien affecter : car notre langue est ennemie de toute espece d'affectation, cantillation, pesanteur ou monotonie lassante.

Il y a seulement une petite observation à faire pour les commençants, à l'égard de certains mots où deux consonnes se suivent; comme dans *table*, *rable*, *sable*, *foible*, *poutre*, *coudre*, *moudre*, *soudre*, *foudre*, *hydre*, *fibre* : c'est que touts ces mots et autres semblables, dont on trouvera la quantité dans la *Prosodie* de M. d'Olivet, ne sont point compris dans ma regle : je parle des syllabes qui finissent par une consonne ; et ici, dans touts ces mots, c'est une voyelle ou une diphthongue qui termine la premiere syllabe; ce qui les met hors de notre cas.

Une autre observation plus essentielle, c'est que les deux consonnes que je suppose dans un mot, dont l'une termine la premiere syllabe et l'autre en commence une autre, peuvent être différentes, ou les mêmes; elles sont *différentes* dans touts les exemples qu'on a allégués, comme *faste*, *leste*, *tordre*, *fondre*, *juste ;* mais elles sont les mêmes dans *marre*, *terre*, *torride*, *fusse*, *froisse*, *lisse*, *messe*, et une infinité d'autres. Dans les

---

[1 On écrit présentement *troqué*.]

susceptibles. Car en écrivant *âne, gêne, cône, gîte, flûte,* il est manifeste que tout cela est alongé, aussi bien que tous ces mots où nous mettons un grave, comme *près, après, auprès, exprès, excès, procès, décès, succès, progrès, abcès* : vous m'avez déjà dit que vous n'aviez aucune difficulté là-dessus.

Restent donc ces sortes de syllabes qui demandent un appui par elles-mêmes, sans concurrence d'accent ou de consonne subséquente. Sur quoi je vous dirai ma pensée naïvement : c'est qu'il y en a *peu* de ce caractere. Généralement parlant, nos syllabes simples ne sont ni longues, ni fortes.

Nos voyelles, lorsqu'elles forment une syllabe par elles-mêmes, ont très-peu de quantité, *ayant, amant, amour, adroit, ami, amaranthe* : ou lorsqu'elles sont précédées d'une consonne, comme *badin, badaut, bidet, béant, dodu, divers, duvet, Pradon, Cotin, Baïf, manant, talent, volant, véritable.* Tout ce qu'on en peut dire, c'est qu'elles ont quelque teneur, qu'elles ne sont point obscures, et que par la variété de leurs adjointes elles sont assez susceptibles d'harmonie : *Alidor, Alisées, Aléxandre, Aléxis, aloès,* etc.

Cependant il y en a de *longues* : mais comment le sont-elles devenues ? c'est ce qu'il faut examiner.

Premierement par *étymologie.* L'âme, par exemple, cette excellente partie de nous-mêmes, est long, et cela est dans l'ordre ; il vient d'*ánima,* qui est de trois syllabes, qui par abréviation se sont réduites à deux ; mais comme nos peres écrivoient *asme* et quelquefois *arme,* peu à peu on a encore supprimé l's et on a écrit *âme,* sauf à la dédommager par l'appui qu'on a trouvé à propos d'y conserver sans le marquer.

En second lieu, par *Distinction* : comme ici, par exemple, si on prononçoit l'*ame,* ánima, comme on prononce une *lame* d'épée, qui vient de *lámina,* il n'y auroit point de distinction. Ainsi on est convenu tacitement, mais raisonnablement, que le premier auroit l'*appui,* et l'autre simplement le *coup.* Le *matin* encore, qui est la premiere partie du jour, est bref, parce qu'il n'y a rien dans le mot qui exige appui ou effort ; mais le

18

138 PROSODIE FRANÇOISE.

mâtin, en parlant d'un dogue, en doit être distingué;
et voilà pourquoi nous y mettons un circonflexe pour
les enfants et les étrangers, qui autrement ne manque-
roient pas de les confondre. J'en dis autant des *Mânes,*
mot latin que nous avons adopté : *J'en viens d'immoler
deux aux mânes de mes freres;* car s'il étoit bref, on
le confondroit avec *manne,* qui est une drogue d'apo-
thicaire, et qui est bref [1].

En troisieme lieu, par *Comparaison* avec la syllabe
voisine : je m'explique. Si les deux ou les trois premieres syllabes qui commencent un mot, sont également
simples par leur construction : il est visible que leur
quantité doit être la même; comme, par exemple, dans
*cabaret, tabouret, bagnolet, Amaranthe, Amala-
sonte, amadouer, avitailler, adorer,* il est évident que
les deux ou les trois premieres syllabes de ces mots
n'ont aucun avantage intrinseque les unes sur les autres,
et que par conséquent la quantité en doit être à peu
près égale : mais si ces premieres syllabes different ou
par la construction, ou par les diphthongues, ou par
le nombre des lettres; en ce cas-là la différence de la
construction en met aussi dans la quantité. *Ne m'appelez plus* Nahomi, disoit une illustre israélite, *mais
appelez-moi* Mara : ces deux dernieres syllabes n'ont
rien que de simple, et par conséquent elles sont égales;
mais si à l'une ou à l'autre vous ajoutez quelque lettre
qui y mette de la différence, la quantité longue ou
forte tombera nécessairement du côté de l'addition.
Ainsi dans *marāud,* par exemple, la diphthongue *au* [2]
jointe avec le *d* rendra longue la seconde syllabe et la
premiere courte : dans *marāis* de même, parce qu'il y
a une *s,* qui alonge toutes les finales. Dans *Mărănăthă*
encore, tout est égal; ainsi nulle différence pour la
quantité : mais dans *Minotāure,* il y a une diphthongue
qui s'y distingue, et qui par conséquent reçoit l'appui;
d'autant plus qu'elle est pénultieme d'une syllabe muette

1 [M. Durand s'est trompé ici : *a* est long dans *manne.*]
2 [*Au* n'est point une diphthongue; mais un son simple, et par conséquent une voyelle. Peu importe que ce son soit représenté par deux
lettres. Il en est de même d'*ai, eu, ou,* etc.]

et obscure. Un *sot*, un *seau*, et un *saut*, sont trois
monosyllabes à peu près du même son ; mais le premier
est court, parce qu'il n'a rien dans sa construction qui
ait droit de l'alonger : mais *seau* est un peu plus long,
parce qu'il a une diphthongue ; et le dernier encore
plus long, parce qu'outre la diphthongue il y a un *t*,
qu'on ne prononce pas, il est vrai, mais qu'on fait sentir
en quelque sorte par un appui raisonnable. *Heureux*
est de deux syllabes, à peu près égales, excepté l'*x* qui
termine la seconde ; donc il emporte l'appui de son côté.
Dans *perversité*, les deux premieres sont égales ; double
consonne à la fin de chacune ; mais dans *diversité*, si
la premiere est simple, la seconde est forte : et dans
hiver, *revers*, *divers*, la derniere est longue. Ainsi en
comparant les syllabes, on rend à chacun le sien.

En quatrieme lieu, par droit de *pluralité*, c'est-à-
dire, que touts les pluriels sont longs universellement,
dans les *noms*, dans les *verbes*, dans les *articles*, en
un mot, dans toute expression qui en est susceptible.
J'ai déjà indiqué le principe ; mais il y faut revenir et
en faveur des étrangers et en faveur de nos provinciaux, qui le plus souvent n'observent ni syntaxe ni
Prosodie. Mais comme la chose est claire, je ne m'y
arrêterai pas : vous savez aussi bien que moi, qu'il y a
de la différence entre *lĕ rŏï et lēs roīs*, *lĕ dŭc et lēs
dūcs*, *lĕ rŏc et lēs rōcs* ; *l'essăi et les essāis*, où il faut
remarquer en passant qu'*essai* se prononce comme
essé [1], et *essais* comme *succès* : on ne prononce pas l'*s*,
il est vrai, mais on la fait sentir par un petit alongement
sans affectation. Dans les singuliers mêmes qui se terminent par une *s* ou par une *x*, ce qui revient au même ;
il faut un appui. Un *pŏŭ* est bref, mais le *pōŭx* est
long ; *dŏŭceur* est bref dans la premiere, mais *dōŭx* est
long ; *fŏŭ* est bref, mais *du fōŭx*, sorte d'arbre, est
long ; comme aussi *faīx*, *portefaīx*, *famēŭx*, *joyēŭx*.
Enfin dans les verbes, les pluriels sont toujours longs,

---

1 [*Essai* ne se prononce pas comme *essé*, mais comme *laissoit*. Si
M Durand a fait usage de l'accent aigu, c'est parce que nous n'avons point
d'accent pour marquer l'e moyen. C'est ce qui fit desirer à M. Du Marsais
qu'on fit usage pour cela d'un accent perpendiculaire.]

n'en déplaise aux étrangers, qui nous reprochent touts les jours nos lettres prétendues inutiles. Ils ne sont au fait, ni de notre syntaxe, ni de notre Prosodie; nos *s* sont caractéristiques et alongent; et nos *n* avec le *t* final marquent les pluriels et donnent l'appui; il *aîme*, est bref, ils *aîment* est long; je dis la même chose par rapport à il *aimoît* et ils *aimoîent*, et ainsi de touts leurs semblables : *intelligénti pauca*.

A. « Ici permettez-moi de vous interrompre : je » comprends parfaitement bien qu'y ayant de la *diffé-* » *rence* dans le sens entre le singulier et le pluriel des » verbes, il faut aussi qu'il y en ait, et dans la *pronon-* » *ciation* et dans l'*orthographe*; mais il me vient un » scrupule au sujet de certains verbes, dont le *prétérit* » est tout comme le *présent*. Car nous disons au pré- » sent, *Je finis, tu finis, il finit,* et au prétérit de même, » comment ferai-je pour les distinguer? »

B. Comme les Romains faisoient pour distinguer la troisieme personne du *présent* de la troisieme personne du *prétérit* en un petit nombre de verbes : comme dans *venit* et *legit,* c'est-à-dire, par la *quantité*, si c'étoit en vers; et par le *sens* et la construction de la phrase entiere, si c'étoit en prose. Quand *Pénélope,* dans Ovide, *écrit à Ulysse,*

Nil mihi rescríbas ut tamen, ipse *veni.*

Ce vers est un *pentametre* : ainsi la pénultieme doit être breve; donc *veni* est à l'impératif. *Je ne vous écrits pas celle-ci,* dit-elle, *pour avoir des réponses; c'est vous-même que j'attends, mon cher* Ulysse. Mais quand *Jules César,* dans un de ses triomphes, fit écrire sur la roue de son char, *veni, vidi, vici,* l'*impératif* n'a que faire là, *veni* est dans le même temps que les deux autres verbes, savoir, au *prétérit;* et ils expriment en-semble le promt succès de son expédition contre Pharnace. De même, par le sens, on distinguera aisément *lĕgit,* il lit, de *lēgit,* il a lu, et *vĕnit,* il vient, de *vēnit,* il est venu. D'autres, comme *Vossius, Fabricius,* pour les distinguer, mettent un aigu sur le *prétérit,* et rien sur le *présent,* ce que je ne saurois blâmer; car enfin on écrit pour se faire entendre, et non pour tenir en suspens ses lecteurs. Vous de même, si cette différence vous arrête, dites pour le *présent*, sans trop appuyer, je *finis*, tu *finis*, il *finit* : et pour le *prétérit*, en appuyant ; je *finis*, tu *finis*, il *finit* : car pour le *pluriel*, il se distingue assez de lui-même, nous *finîmes*, vous *finîtes*, ils *finirent*. Dans le pluriel même de certains verbes la différence est indispensable; comme dans *dire*, par exemple. Au singulier la chose est évidente : *Tu* DIS *cela à présent, mais hier tu me* DIS *tout le contraire;* et aussi dans le pluriel, *vous* DITES *cela aujourd'hui, mais dans la conférence d'hier vous nous* DÎTES *toute autre chose.* Ainsi, dans l'évangile, toutes les fois que *dit* est au prétérit, il faut un accent. *Jésus dit ces choses, puis levant les yeux au ciel,* etc. On ne sauroit être trop exact, surtout dans les livres qu'on met entre les mains de la jeunesse, pour y prendre les premieres idées des choses : et voilà, pourquoi nos *classiques* devroient être gravés, ou du moins imprimés nettement et correctement [1]. Il y a encore quelques autres verbes qui ont leurs singularités; mais l'habile *Danet* vous les conjuguera touts à la fin de son Dictionnaire, si vous n'aimez mieux les étudier dans *Restaut*, qui, comme le dernier, a enchéri sur les autres.

A. « Je n'ai plus qu'une difficulté sur la bizarrerie
» de notre langue : pourquoi certaines syllabes que
» vous nommez *simples*, sont-elles longues, comme
» *tare, rare, mare, ame, tue, vue, nue, crue, sue,*
» *rue, die, mie, fie, trie,* et une infinité de semblables,
» tandis que d'autres qui sont *composées* comme ărbre,
» mărbre, tŏrdre, ŏrdre, ne sont que *rapides* et pas-
» sent même pour breves parmi nous ? Ne seroit-il pas
» plus naturel de proportionner la quantité de la Pro-
» sodie à la quantité littérale? »

B. Votre difficulté me conduit à mon *cinquieme* et dernier principe : c'est que la plupart de nos syllabes

---

1 [On n'obtiendra cette netteté et cette correction dans les livres classiques, qu'en les faisant stéréotyper. Ce procédé qui n'étoit pas connu en 1748, vaut mieux que la gravure, et il est bien moins dispendieux.]

longues ne deviennent telles que par le droit *des finales*, ou plutôt des *pénultiemes*, si vous comptez l'*e* muet pour une syllabe. Et ce principe est vrai dans les grands mots comme dans les petits. Dans *adorer*, par exemple, *vénérer*, *régir* ; *instruit*, *conduit*, *réduit*, *reluit*, *vénal*, *libéral*, *triomphal*, dans touts ces mots, dis-je, on ne sent pas qu'il y ait une syllabe longue proprement dite ; mais la *pénultieme* le sera dans touts les exemples qui suivent, parce que la voix n'ayant point de prise sur l'*e* muet, se dédommagera sur la précédente : *Toi que* Jupiter *même adōre ; toi que mon cœur vénēre ; toi qui l'as si bien régīe ; toi qui es né pour nous instruīre, pour nous conduīre,* etc. *Le soleil commence à luīre ; les charges sont devenues vénāles ; du bien d'autrui nos mains sont libérāles ; grand prince, recevez de nos mains cette couronne triomphāle.* Tel est le droit naturel, à notre avis, de la *pénultieme*, surtout en poésie et dans un discours grave.

Pour ce qui est de ces autres mots, qui n'ont guere qu'une syllabe, comme *tāre, rāre, māre,* et que vous voudriez qu'ils fussent courts par rapport à d'autres plus grands, que vous voudriez qu'ils fussent longs, c'est tout le contraire. Quand nos mots ne sont que simples, petits, et avec cela terminés par un *e* obscur, il est naturel de leur prêter charitablement quelque espece de poids qui les soutienne ; et c'est ce que nous faisons dans touts ces mots que vous venez d'articuler, *tūe, sūe, crūe, vūe, vāse, cāse, rāse ;* parce qu'autrement la prononciation en seroit si mince, qu'elle feroit pitié. Mais cette raison ne subsiste plus dès qu'il se présente à nos organes deux ou trois consonnes à franchir : et voilà pourquoi dans *frăppe, jăppe, năppe,* la pénultieme n'est rapide qu'en conséquence de ces mêmes lettres, qui, selon vous, devroient l'alonger. Vous voudriez qu'on réglât la *quantité* prosodique sur la quantité littérale ? Vous me faites souvenir d'un jeune homme qui se piquoit de poésie, et qui pour faire croire à ses amis, qui en souffroient vers les équinoxes, qu'aucun de ses vers ne manquoit de pieds, leur disoit assez plaisamment, *qu'il les avoit touts mesurés avec une ficelle.* Ainsi vous voudriez qu'on prononçât gravement et pesamment *ōrdre*, *mōrdre*, *tōrdre*, *ărbre*, *mărbre*, *tărde*, et sans doute aussi *poulărde*, *moutărde*, *langărde*, *babillărde.* — Si c'est là votre pensée, je vous dirai, pour votre consolation, que vous avez pour vous une grande partie du *Dauphiné*, toute la *Savoie* universellement, tout le petit peuple de *Geneve* et du pays de *Vaux*, les comtés de *Neufchâtel* et de *Vallengin*, et enfin toute la lisiere du *Mont-Jura* jusqu'à *Porentru.*

A. « Je suis charmé que mes scrupules vous divertis-
» sent : j'y gagne plus que vous. »

B. Quelle docilité ! mais je crois qu'il est temps de se rafraîchir un peu :

I, puer, i, Theam confestim in pocula misce.

FIN,

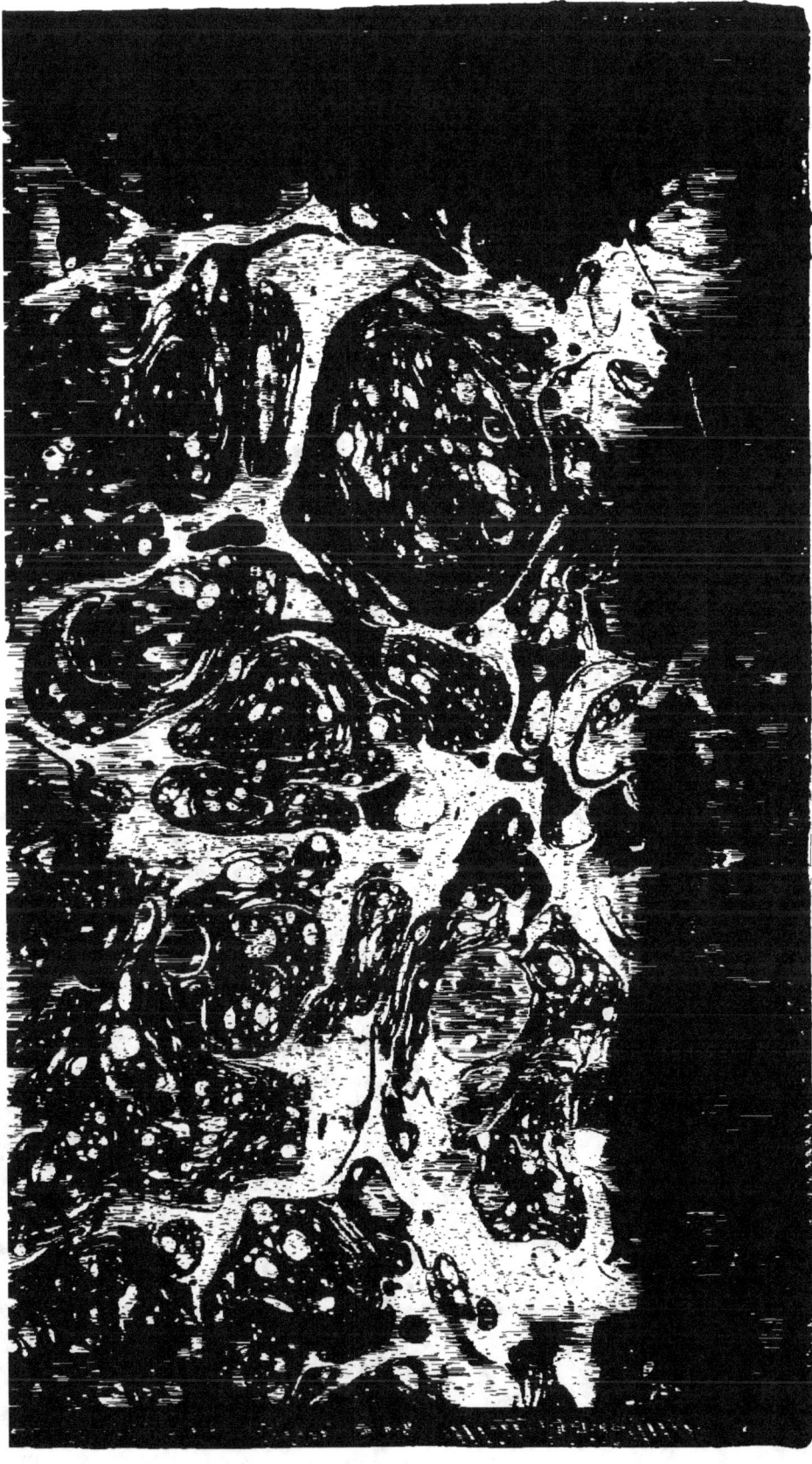

www.ingramcontent.com/pod-product-compliance
Lightning Source LLC
Chambersburg PA
CBHW051150260626
47170CB00005B/2036